# CHAPITRE 1

*Vendredi*

Dehors le vent soufflait, mais la maison était silencieuse. Trop silencieuse. Sarah regrettait presque sa décision. Pourtant, elle avait lutté dur pour obtenir ces quelques jours seule à la villa Les Farfadets à Ouistreham.

Samedi, Sarah fêterait ses dix-huit ans et depuis dix-huit ans, elle venait chaque été et à chaque occasion possible passer du bon temps dans la villa familiale, héritée par sa mère de sa propre mère. Un jour viendrait où elle-même deviendrait co-propriétaire de ce havre de paix loin du tourbillon de la vie parisienne.

Sarah était l'aînée d'une famille de trois enfants. Elle venait d'obtenir son bac et avait entrepris une licence d'anglais dans le but avoué de devenir prof de lycée. Sa mère menait une vie confortable de femme au foyer, gérait la famille et l'appartement luxueux situé près du rond-point des Champs-Élysées. Son père, un Caennais d'origine, avait eu la bonne idée de lancer avant les autres une start-up qui avait assuré sa fortune.

C'était sa grand-mère, mamie Gâteau, parce qu'elle réalisait les meilleurs gâteaux du monde, qui avait, dans les années soixante, convaincu son mari, un directeur de chez Total, de construire la villa. Elle souhaitait assurer à la famille des vacances saines pas trop loin de Paris, dans une région encore à l'abri des mondanités que certains transféraient de Paris à Deauville. L'an dernier, Mamie avait fait son dernier gâteau avant de tomber terrassée par une crise cardiaque. Le papy épuisé et écrasé de chagrin avait estimé que la vie ne valait plus la peine et avait rejoint sa femme dans un monde connu d'eux seuls.

Depuis, la villa était vide la majorité de l'année, sauf quand la famille Blondiaux disposait de quelques jours de vacances.

Sarah était née un premier avril et tous les ans entendait l'incontournable phrase : « Et tu n'es pas un poisson ? ».

Pour ses dix-huit ans, le premier avril tombait un dimanche et pas n'importe quel dimanche : le dimanche de Pâques. Ce qui impliquait un long week-end en y ajoutant le lundi.

L'idée avait germé. Elle allait inviter tous ses copains et copines de fac à Ouistreham et organiser une méga-teuf pour la circonstance. Mais pour cela, il avait fallu convaincre ses parents de lui laisser la villa. La tâche fut ardue. Sa mère en particulier était imperméable à l'idée.

— Nous aussi on comptait y aller. Tu vas priver tes frères de trois jours de vacances… Tu es encore si jeune…

Heureusement, son père était intervenu en sa faveur :

— Elle n'aura dix-huit ans qu'une fois, Marjorie ! Rappelle-toi nos dix-huit ans. On se sentait adulte et on n'aurait laissé personne nous dire le contraire !

Enfin, elle avait obtenu gain de cause. Sa mère l'avait emmenée le jeudi en voiture avec un plein de courses qui n'aurait pas fait peur à Gargantua lui-même. La consigne était : pas d'alcool, mais Sarah savait bien que les copains apporteraient ce qu'il fallait et évita ainsi une nouvelle confrontation avec sa mère qui s'obstinait à la regarder comme si elle avait cinq ans ! Elles avaient passé malgré tout une bonne journée en préparatifs divers, puis une soirée au restaurant où elles avaient plaisanté comme deux gamines en goguette. Le vendredi en fin d'après-midi, Marjorie avait repris la route en lançant un : « À lundi, amuse-toi bien ! » Elle avait hésité à ajouter un « sois sage », mais s'était retenue. Sarah allait l'incendier de bêtises !

La jeune fille s'était retrouvée seule sur le perron à agiter la main jusqu'à ce que la voiture de sa mère disparaisse au coin de l'avenue du 6-Juin.

Elle avait retenu un cri de joie : enfin seule ! enfin libre ! enfin responsable et adulte ! Dans quelques mois, elle aurait son permis. Ce serait alors la vraie indépendance.

En attendant, il fallait parachever les préparatifs de la fête. Les premiers invités arriveraient le samedi matin, les derniers dans l'après-midi. Une vingtaine en tout. Cela promettait des moments inoubliables. Elle aurait aimé que sa meilleure amie Julie arrive le soir même, mais pour des raisons de co-voiturage, ce ne fut pas possible. Elle serait donc seule ce soir. Et tout compte fait, cela lui convenait bien. Elle était chez elle, envahie d'un sentiment de bien-être si puissant qu'elle en savoura chaque instant.

Jusqu'à ce que la nuit tombe.

Elle était arrivée insidieusement alors que Sarah, en vieux pyjama rose, écroulée sur le divan, mangeait une pizza réchauffée et des chips, le tout arrosé de Coca en regardant « The Voice » à la télé. Elle connaissait toutes les chansons par cœur et pouvait chanter à tue-tête sans déranger personne.

Perfides, des zones d'ombre envahirent les recoins de la pièce, jusqu'à ce que la seule lumière restante fut celle de l'écran allumé.

Sarah prit conscience de l'heure et se tança :

— Il est grand temps que je ferme les volets. Si maman avait été là, je me serais fait remonter les bretelles !

Mais en quittant le cocon du canapé, une sensation étrange s'empara d'elle. Un zeste de peur, qu'elle voulut ignorer.

Tout était noir. Seule, entrant par les fenêtres, la vague lueur des réverbères de l'avenue Pasteur apportait des halos mouvants plus effrayants que rassurants.

Sarah se dirigea d'un pas qu'elle voulait ferme vers l'interrupteur du salon et alluma le lustre. Passant de pièce en pièce, elle en fit autant avant de se décider à ouvrir les fenêtres une par une pour fermer les antiques volets en bois.

— J'aurais dû m'y prendre plus tôt, dit-elle à haute voix pour se donner le courage d'affronter l'obscurité extérieure.

Le jardin prenait des airs fantasmagoriques. Le vent s'était levé. Les arbres et même les rhododendrons, les camélias et les forsythias entraient dans une danse incontrôlable dirigée par Éole lui-même.

Elle eut du mal à rabattre les pans de bois et à les bloquer avec le loquet destiné à cet effet.

Quand elle arriva à la porte-fenêtre du salon, les choses se compliquèrent encore. Elle dut sortir et lutter pour réussir à attraper le haut volet qui, à l'aide du vent, fit de la résistance. Un loquet tordu lui compliqua la tâche. Du coin de l'œil, elle aperçut le voisin qui sortait son chien et le trouva idiot de ne pas l'avoir simplement mis au jardin.

Tout à ses efforts, elle ne vit pas une silhouette sombre glisser le long de la terrasse.

Enfin, elle réintégra son canapé, se réinstalla devant son émission favorite, mais le cœur n'y était plus. La solitude, si souvent souhaitée, se faisait lourde à porter dans l'immense maison redevenue silencieuse une fois les fenêtres bien fermées. Elle décida d'aller se coucher. Demain serait une longue journée. Et puis, le nid douillet du lit dans l'intimité de sa chambre l'aiderait à évacuer le sentiment de malaise qui s'incrustait.

— T'es idiote ! Il ne se passe jamais rien ici. Va dormir et oublie. Tu n'es plus une enfant ! Maman rigolerait bien si elle te voyait !

Elle éteignit la télévision et monta l'escalier qui menait vers les chambres. Du palier du premier étage, elle jeta un coup d'œil en bas et ne vit qu'un gouffre sombre. L'impression désagréable ressentie plus tôt ressurgit telle une bête attendant la moindre faiblesse de sa proie. Une vague odeur de parfum bon marché lui fit friser les narines. D'où cela venait-il ? Sûrement de la chambre d'un de ses frères. Pressée de s'enfermer dans sa chambre, elle sauta la case salle de bains, se donnant bonne conscience en programmant une douche pour le lendemain matin.

Elle se réfugia dans son lit, attrapa un bouquin, mais réalisant que c'était un roman policier abandonna l'idée. Elle se sentait assez nerveuse comme ça. Pas besoin d'en rajouter en décortiquant des scènes de crimes !

Elle éteignit sa lampe de chevet, tourna et vira dans son lit. Cette fois, la peur était bien là, diffusant une chaleur sourde dans ses jambes et remontant sournoisement jusque dans son ventre. Son cœur accélérait et au bout d'un moment, elle n'entendit plus que les battements sourds de l'organe affolé par une trop forte montée d'adrénaline.

— Arrête ! Tu es seule, mais tout est fermé. Il ne peut rien t'arriver.

Le téléphone portable à portée de main au cas où, elle préféra quand même, dans un sentiment dérisoire de protection, rallumer la lampe de chevet. Elle resta immobile à fixer la porte de la chambre et à écouter les différents bruits venant du dehors. La tempête s'affirmait. Par intermittence, les bourrasques secouaient la maison qui en avait vu d'autres. Si près de la mer, la tempête venait se fracasser sur les premiers immeubles qu'elle rencontrait, les maltraitant afin d'affirmer la supériorité de la nature sur les constructions faites de la main de l'homme. Il y eut des craquements sinistres et soudain un claquement sourd qui se répéta à intervalles réguliers.

— Merde ! Un volet s'est ouvert !

Elle était pourtant certaine de les avoir bien fermés, mais avec ce vent…

Elle tenta d'oublier le bruit. Dans l'état d'angoisse où elle était, elle n'avait aucune envie de quitter la sécurité de son lit et encore moins de sortir pour fermer le volet capricieux.

Elle s'agita dans l'impossibilité de trouver le sommeil qui l'aurait libérée de ses angoisses. Au bout d'une heure, elle s'arma de courage :

— Il faut que je dorme. Demain, au lieu d'être fraîche j'aurai une tête de déterrée ! Il n'y a qu'une solution. Aller refermer ce foutu volet.

Elle sortit du lit, enfila un peignoir et des chaussons. Elle hésita encore avant de sortir de la chambre, mais un autre claquement la conforta sur la conduite à tenir. Si elle n'y allait pas, elle ne fermerait pas l'œil de la nuit. La pendule du salon sonnait deux heures quand elle alluma la lumière du couloir. Il y eut un grésillement, et elle s'éteignit aussitôt. Seule la pâle lueur de la lampe de chevet éclairait faiblement le palier. Elle jura, faillit faire demi-tour.

— Idiote ! Tu connais cet escalier par cœur. Descends et tu allumeras en bas. Il n'est pas dit que Sarah Blondiaux aura été impressionnée par une ampoule grillée, dit-elle à haute voix pour se rassurer.

Malgré tout, elle dut se faire violence. L'abîme sombre du rez-de-chaussée semblait lourd de menaces et la peur revint plus forte qu'auparavant.

Elle descendit sur la pointe des pieds, évitant de faire du bruit, sans savoir pourquoi. Elle était seule. Même en hurlant, la distance entre les maisons, les jardins et les vitrages n'aurait laissé passer aucun son. Sans compter la tempête qui sévissait et le vent qui sifflait.

Cette constatation finit de la terroriser. Sur Mars, elle n'aurait pas été plus isolée.

Un nouveau claquement suivi cette fois d'un craquement la fit réagir. Si ce volet était arraché, sa mère allait la massacrer !

En arrivant en bas, elle voulut allumer, mais là non plus ça ne marcha pas. Elle se reprit à hésiter. Une coupure de courant ? Elle leva la tête vers l'étage à la recherche du halo de la lampe de chevet. Éteint lui aussi. Curieusement cela la rassura. Quoi de plus classique qu'une coupure de courant en cas de tempête ? Elle fila à la cuisine, se saisit d'une lampe torche dans un tiroir et partit à la recherche du volet rebelle. Heureusement, il ne s'agissait pas d'une porte-fenêtre, mais d'une fenêtre de la salle. Elle tourna l'espagnolette, ouvrit, se prit une grande bouffée d'air froid et une giclée de pluie. Une pensée lui traversa l'esprit : pourvu qu'il fasse meilleur demain pour la fête ! Elle attrapa le volet, le ferma non sans effort et s'assura cette fois que le crochet était bien enclenché. Mission réussie ! Elle remonta l'esprit beaucoup plus léger. Cette fois, elle allait pouvoir dormir tranquille. Elle entra dans la chambre, se glissa dans son lit encore chaud, éteignit la lampe torche et s'efforça de ne plus penser. Elle flirtait avec le sommeil quand un mouvement la réveilla. Quelqu'un se glissait dans son lit. Elle hurla.

****

## CHAPITRE 2

Il l'avait repérée plus tôt dans la journée du jeudi alors qu'il travaillait sur un chantier face à la villa Les Farfadets.

C'est son rire qui avait attiré son attention. Un rire cristallin, d'une fraîcheur inouïe. Un rire jeune, très jeune. Un rire comme il les aimait.

Il avait regardé par un trou de la palissade et l'avait aperçue. La perfection.

Blonde, élancée, un corps parfait et un visage angélique empreint de pureté. Une vierge, il l'aurait parié. Elle était accompagnée d'une femme plus âgée qui lui ressemblait comme deux gouttes d'eau. La mère et la fille sans aucun doute.

Celle-là, il la prendrait. Dans son esprit, c'était une évidence. À partir de cet instant, alors qu'il travaillait mécaniquement, son subconscient n'était occupé que par une idée : posséder la fille d'en face.

Il s'était arrangé pour ne pas s'éloigner de son poste d'observation. Les deux femmes avaient ouvert la villa, puis déchargé de nombreuses victuailles de la voiture. Elles venaient certainement pour passer le week-end.

Cela lui laissait un peu de temps pour arriver à ses fins. Dès lors, il travailla à élaborer son plan d'approche. D'abord, il fallait éliminer la mère, histoire d'avoir le champ libre. C'était le plus compliqué. Comment se débarrasser de la vieille sans paniquer la jeune ? Il disposait sûrement d'un ou deux jours. Elles étaient forcément là pour le long week-end qui s'annonçait. Après le boulot, il était rentré chez lui, avait enfilé une tenue plus neutre que ses vêtements de travail et était revenu se poster face à la villa. Heureusement, il avait la clé du chantier. Sans cela, espionner sa future proie aurait été plus difficile. La rue sobre ne présentait pas beaucoup de cachettes. Il aurait risqué de se faire repérer par des voisins curieux. Dans la soirée, elles étaient allées dîner au restaurant. Il les avait croisées dans l'avenue de la Mer, mais aucune des deux ne lui avait accordé le moindre regard. Il était rentré chez lui, des fantasmes plein la tête. Une envie tenace lui brûlait le bas-ventre au point d'être douloureuse. Il s'était masturbé frénétiquement en imaginant le pied qu'il prendrait avec la belle blonde. Elle s'appelait Sarah. Il avait entendu la mère l'appeler ainsi. Sarah, Sarah… L'orgasme vint trop vite et il resta frustré de se retrouver seul dans son lit. Il fallait qu'il trouve une solution. Vite.

Le vendredi, il arriva le premier sur le chantier. Ses collègues s'étonnèrent de cet enthousiasme et le charrièrent sur la solitude du célibataire :

— Tu ferais bien de te trouver une femme !

Toute la journée, il jeta de fréquents coups d'œil vers la villa. Il ne se passa rien d'extraordinaire jusqu'en fin d'après-midi.

À dix-sept heures, alors que le chantier s'arrêtait pour le long week-end de Pâques, la chance lui vint en aide. La mère montait en voiture. Il y eut des embrassades et de grands signes d'adieu. Il entendit la mère lancer un « bon anniversaire » au moment où elle démarrait. La fille restait seule. C'était son anniversaire. Vu la nourriture apportée, elle avait certainement prévu de faire la fête le samedi soir. Il y aurait du monde. Ce serait compliqué de l'approcher. Mais ce soir… Il semblait bien qu'elle serait seule. Il allait lui faire sa fête. Un vrai et bel anniversaire.

Il rentra chez lui, l'esprit tranquille. Il savait où la trouver. Elle ne risquait pas de partir bien loin sans voiture. Au pire, elle sortirait manger un morceau, mais elle reviendrait dormir au nid. Et là…

Il prit le temps de prendre une douche et de se parfumer. Une fois, une femme sentant qu'elle n'échapperait pas au viol programmé, lui avait jeté à la figure qu'il puait. Il avait été vexé, lui avait mis une raclée. Cela lui apprendrait les bonnes manières. Quand il l'avait quittée, elle sanglotait et devant les menaces, avait juré qu'elle ne dirait rien à personne.

C'était son truc. Violer les femmes chez elles. En réalité, il n'avait jamais de mauvaises intentions au départ. Il tombait sous le charme d'une femme jeune et de préférence blonde. Plus jeune, il avait fait des tentatives d'approche « normales », sans succès. En général, les femmes lui riaient au nez. Il avait alors essayé les prostituées, mais l'idée de passer après des centaines d'autres le dégoûtait. Alors, une fois la femme de ses rêves repérée, il la suivait et s'éclatait avec elle, chez elle. Parfois, c'étaient des célibataires, le plus facile, parfois elles étaient mariées. C'était plus compliqué, mais toujours, il arrivait à ses fins. Il savait que son corps n'était pas d'une obéissance parfaite. Quand l'excitation était là, il fallait en profiter, elle ne durait jamais longtemps. Il rentrait chez l'objet de ses fantasmes, violait la femme et menaçait de la dénoncer à son entourage si elle parlait.

« Je détruirai ta vie. Je dirai que tu m'as invitée chez toi. J'en parlerai à ton mari ou à ton patron. Personne ne pourra prouver que tu n'étais pas consentante. »

Couverte de honte et de peur, elle se taisait. C'était sa force. C'est aussi pour cela qu'il les préférait très jeunes. Elles étaient plus influençables. Son autre règle était d'agir loin de chez lui. En déplacement pour son travail de maçon, ou alors en vacances. Comme ça, il avait peu de risques de retomber sur l'une de ses proies. Et s'il venait à l'une d'elles l'idée de le dénoncer, il serait déjà loin. Jusqu'à présent, il n'avait pas eu de problème. Sa façon de faire fonctionnait très bien.

Tout à ses réflexions, un petit signal d'alarme s'alluma dans son cerveau.

« Attention ! Ici tu es chez toi ! Tu ne pourras pas filer après… »

Sarah. Sarah…

Il allait se débrouiller. Elle le faisait trop bander. Il savait qu'il ne pourrait pas résister.

La nuit tomba avec l'arrivée d'un vent violent. Pour une fois, la météo ne s'était pas trompée. Ils allaient se prendre une bonne vieille tempête.

Il enfila son costume de plaisir : combinaison intégrale noire, cagoule ne laissant passer que les yeux, gants et, bien entendu, des préservatifs. Sa chance, il la devait aussi à son organisation. Depuis que la télévision inondait le peuple sur les techniques de police scientifique, tout le monde savait qu'il ne fallait pas laisser traîner son ADN derrière soi. C'était compliqué.

Depuis longtemps, il se rasait la tête. Avant chaque sortie « festive », il s'épilait les bras, les aisselles et les jambes. Son pubis n'échappait pas à la règle. Beaucoup s'étaient fait prendre pour un poil de cul !

Cela ne lui arriverait pas !

Il sortit dans la nuit, veillant à ne rencontrer personne. Les rues étaient désertes. Il se dirigea à pied vers l'avenue Pasteur, en longeant les façades, profitant du moindre recoin d'ombre. Il n'en avait pas pour longtemps.

Une fois passée la place du Marché, il enfila l'avenue. Deux blocs de maisons plus loin, il se camoufla derrière un tilleul et observa.

La chance était avec lui.

La jeune fille regardait la télévision. Il pouvait voir par les fenêtres sans rideaux comme s'il était dans la pièce. Sur l'écran, des jeunes pleins d'illusions s'agitaient derrière un micro alors que des vedettes leur tournaient le dos. À l'oreille, ils choisissaient. Lui, il n'entendait rien, mais Sarah avait l'air de bien s'amuser. Entre deux bouchées d'un plateau télé, elle s'agitait seule dans son canapé. Sans aucun doute, elle chantait aussi. Il fit la moue. Attifée d'un vieux pyjama, elle perdait de son charme. Un instant, il faillit renoncer. Mais les images de la journée revinrent le hanter. Une fois nue, elle serait sublime. La chaleur commençait à diffuser dans son ventre. Il fallait qu'il trouve une solution pour entrer. Avec ce genre de maison, cela devrait être assez facile. Il s'assura de ne pas voir de sirène d'alarme et pénétra dans le jardin. Il se camoufla derrière les arbustes et avança vers la maison.

Sarah quitta son canapé et alluma les lumières. Un instant, il fut pris dans un halo. Il se plaqua au sol. Elle ne l'avait pas vu. Elle entreprenait de fermer les volets. La cuisine, la salle. Il se glissa jusqu'à la porte-fenêtre. Elle l'ouvrirait à un moment donné. C'est là qu'il faudrait entrer. Il tordit le loquet d'un des volets. Ainsi, il lui résisterait. Elle serait obligée de focaliser son attention sur ce qu'elle faisait. Lui n'aurait qu'à se faufiler à l'intérieur et attendre le bon moment. Celui où elle se croirait en totale sécurité, celui où elle s'abandonnerait aux délices du sommeil.

Son plan marcha sans anicroche. Sans que la fille ait le moindre soupçon, il se trouva dans la maison, alors qu'elle luttait avec les volets. Il se glissa dans le couloir et, à pas de loup, monta à l'étage. Il n'y avait rien de mieux qu'un lit pour faire l'amour. Il se cacha dans la chambre parentale et attendit.

Pas longtemps.

Sarah monta dans sa chambre, chipota un tantinet et finit par éteindre. Il sortit de sa cachette, dévissa l'ampoule du couloir au cas où elle tenterait de s'enfuir et se dirigea vers la chambre de la jeune fille. En bas un volet claqua. Allait-elle se relever ? Cela gâcherait l'effet de surprise si excitant. À cet instant, elle ralluma sa lampe de chevet.

« Merde ! Qu'est-ce qu'elle fout ? » Il entra dans la première pièce à sa portée. La salle de bains. Il attendit en retenant sa respiration.

Sarah sortit de sa chambre, pesta sur l'ampoule éteinte, mais descendit quand même.

La maison trembla sous une bourrasque plus forte que les autres et la lumière s'éteignit.

« Coupure de courant », songea-t-il. Un coup de pouce du destin. Sarah serait pressée de retourner dans son lit !

Il n'eut pas à attendre longtemps. Elle remonta comme si elle avait le diable aux trousses.

« Hé ! Tu as peur ! Ce n'en sera que meilleur ! »

Cette fois, il bandait dur.

Il s'introduisit dans la chambre sans aucun bruit. La respiration de la fille se faisait plus profonde, plus régulière.

Alors, il se glissa dans son lit, le sexe érigé, décidé à la prendre avant qu'elle n'ait le temps de réagir.

C'était compter sans le pyjama rose.

La fille hurla. Le pyjama résista.

Il fallait qu'il y arrive. Il ne supporterait pas…

Elle se débattait, ruait, envoyait des coups de poing, des coups de pied.

— Salope ! Tu as su m'exciter, alors maintenant…

— Non, je vous en prie, non pas ça.

Elle criait et sanglotait en même temps.

— Je vous en prie, NON…

— Tais-toi, Salope !

— NON, NON…

Alors ses mains se posèrent sur le cou délicat et commencèrent à serrer. Fort. Très fort. La fille se débattit un peu moins. Elle ne parlait plus, mais ses yeux suppliaient encore.

Il garda une main sur la gorge rougie et de l'autre baissa le pyjama rose en maintenant le corps encore agité de sursauts de défense avec ses quatre-vingt-dix kilos de muscles.

Il bandait comme jamais. Il la pénétra en force et sentit la résistance de sa virginité céder. Il eut un gémissement de satisfaction. Déjà la chaleur se répandait dans son ventre, envahissant chacun de ses membres.

— Laissez-moi res… pirer… s'il… vous…

Sarah cessa de se défendre.

Elle gémit.

Il prit cela pour du plaisir.

— Tu jouis hein salope !

Alors dans un spasme ultime, son corps se contracta. Ses mains serrèrent encore plus fort. Le sperme jaillit lui arrachant un hurlement de plaisir.

— Alors, t'as joui toi aussi ? T'es bonne, tu sais. Comme rarement…

Il se rendit compte que quelque chose clochait.

Il se retira vivement.

— Merde ! Réveille-toi !

Il la secoua. Mais les yeux bleus ouverts sur le vide lui firent vite comprendre qu'il n'y avait plus rien à faire pour Sarah.

Il se releva complètement paniqué. Jamais il n'aurait cru. Il voulait juste… C'était un accident. Il ne voulait pas…

Elle n'avait qu'à se laisser faire aussi. Si elle n'avait pas résisté…

Il lutta contre son envie de filer, se tança.

— Calme-toi. Faut pas qu'on puisse te trouver. Pas question de finir en taule. C'est pas de ta faute.

Il tourna dans la chambre, finit par fixer le cadavre.

— On va arranger ça. Mais toi, t'as été la meilleure.

Ce fut l'oraison funèbre de Sarah cette nuit-là.

****

# CHAPITRE 3

*Samedi*

Julie Pelissier arriva à Ouistreham avec son petit copain, Lucas vers 10 h le samedi matin.

Ils avaient quitté Paris de bonne heure. On était samedi de Pâques et ils craignaient les embouteillages. Lucas venait d'obtenir son permis et Julie ne l'avait pas encore. Ils voulaient éviter de se trouver pris dans le tourbillon de voitures qui quitteraient la capitale, Lucas ayant très peur, sans l'avouer, d'abîmer la voiture que sa mère lui avait prêtée pour l'occasion.

Ils se garèrent devant la villa Les Farfadets et, de la rue, s'étonnèrent de trouver les volets fermés.

— Elle n'est pas levée ? demanda Lucas.

— C'est bizarre ! Il y a du taf pour préparer la soirée. On va la sortir du lit !

Ils franchirent le portail et arrivèrent devant la massive porte d'entrée. Julie appuya sur la sonnette, longuement. Histoire de réveiller son amie en fanfare.

Rien ne bougea.

Julie fronça les sourcils, inquiète soudain.

— Ce n'est pas normal ! Elle devrait entendre.

— Ouais ! Sauf si elle est allée en boîte hier soir et qu'elle a bu plus que de raison !

— Déconne pas. C'est pas son genre, tu sais bien. Et puis comment aurait-elle fait ? Elle n'a pas de voiture…

— J'sais pas ! Des copains d'ici auraient pu l'emmener ou une navette. Quand on veut sortir, tu sais…

— Faux ! Elle m'a envoyé un message avant d'aller se coucher à la fin de « The Voice ». Elle avait un peu la trouille à cause du coup de vent. Mais ça allait, dit-elle en appuyant sans discontinuer sur la sonnette.

Elle finit par renoncer, attrapa son portable dans la poche de son jean et appela son amie.

« *Salut ! C'est bien Sarah, mais je ne suis pas là ! Rappelez-moi !* »

— Il y a quelque chose qui ne va pas ! décréta Julie. Elle est peut-être malade ou tombée dans l'escalier ou… je ne sais pas moi ! Mais ce n'est pas normal.

Son inquiétude contamina Lucas qui se découvrit une âme de Saint-Bernard ou une occasion de briller aux yeux de sa belle en jouant les preux chevaliers :

— Je fais le tour de la maison. Il y a peut-être une porte ou une fenêtre ouverte.

Il allait s'éloigner quand Julie eut l'idée d'appuyer sur la poignée de la porte principale qui logiquement aurait dû être fermée.

La poignée céda facilement et la porte s'ouvrit devant les deux jeunes gens médusés.

— Ce n'est pas normal, répéta Julie.

Lucas s'enhardit :

— Sarah ! SARAH ! appela-t-il en passant la tête dans le hall.

Seul le silence lui répondit.

— Elle doit être malade, intervint Julie en bousculant son amoureux avec l'idée de voler au secours de son amie.

Mais une fois à l'intérieur, elle s'arrêta net.

Ce silence. Un silence anormal pour une maison habitée. Un silence lourd de menaces, comme révélateur d'un drame annoncé. Un silence palpable, épais comme de la glu, qui vous enveloppe pour vous délivrer son message de mort.

Julie ouvrit la bouche pour appeler encore, tout en sachant au fond d'elle-même que c'était inutile.

Lucas fit rapidement le tour du rez-de-chaussée.

— Il n'y a personne en bas. Juste les restes de son repas dans le salon. Il faut monter.

Puis, voyant la pâleur de Julie :

— Veux-tu que j'y aille seul ?

— Non. Surtout pas. On reste ensemble.

Ils auraient dû se précipiter, mais ne le purent, avertis par leur instinct qu'ils allaient trouver quelque chose de terrible.

— Il y a de la lumière dans sa chambre, chuchota Lucas avec l'infime espoir de trouver leur amie assommée par une gueule de bois.

La porte était grande ouverte. Ils n'eurent pas besoin d'entrer pour apercevoir Sarah. Elle gisait à côté du lit, face contre terre. Le bas du pyjama rose gisait sur la moquette et des traces de sang séché maculaient les cuisses de la jeune fille. Son visage était caché par ses longs cheveux épars, mais une mèche écartée laissait deviner un œil ouvert sur l'éternité, déjà affadi par les affres de la mort.

Julie hurla, voulut se précipiter au secours de sa meilleure amie, mais Lucas la bloqua en l'attrapant fermement par le bras. Cette fois, il ne jouait plus. Bien que sans expérience de la mort, il comprit immédiatement :

— Laisse ! Ne touche à rien. Il faut appeler les flics.

— Mais… On ne peut pas la laisser comme ça !

— Désolé. Mais si. On descend.

Ils descendirent, se jetèrent dehors. Julie pleurait trop pour être efficace. Lucas forma le 17.

*

Luc Pasquier était d'astreinte au labo de la police scientifique de Caen quand l'appel tomba vers midi, alors qu'il allait réchauffer des lasagnes préparées par sa femme. Il poussa un soupir résigné quand il vit qu'il s'agissait d'un appel sur une ligne d'alerte réservée aux urgences.

— PTS, labo, Pasquier, j'écoute.

— Ah ! C'est toi Luc ! Ici Thierry Renard, Ouistreham.

Pasquier réfléchit une fraction de seconde, histoire de visualiser son collègue. Ils se connaissaient tous, travaillaient sur le terrain, assistaient à des séminaires ou des mises à niveau ensemble, mais sans le nom de la ville, il n'aurait pas perçu tout de suite son interlocuteur.

— Euh… Ah oui ! J'y suis.

Thierry Renard était commandant de brigade à la gendarmerie de Ouistreham où Pasquier et son chef Ménard avaient eu l'occasion de faire une conférence sur les dernières avancées de la police scientifique à peine deux mois auparavant.

— Que puis-je pour toi ?

— Un tour à Ouistreham avec une équipe et tout le matériel dernier cri que tu possèdes.

Pasquier haussa les sourcils. Une affaire, un week-end de Pâques, ça allait être compliqué. Quant au matériel dernier cri, s'il existait sur catalogue, les budgets étaient si serrés qu'il leur arrivait d'acheter des écouvillons sur leurs propres deniers. Alors…

— Qu'est-ce qu'il se passe ?

— Je dirais un viol qui a mal tourné.

— Merde ! On connaît l'identité de la victime ?

— Oui. C'est d'ailleurs la seule chose que l'on sache : Sarah Blondiaux, originaire de Paris. Le pire : dix-huit ans aujourd'hui.

— Bon anniversaire, marmonna Pasquier, dégoûté.

— Comme tu dis. C'était son dernier. Une chance pour nous, les gamins qui l'ont trouvée ont compris tout de suite qu'elle était morte. Ils n'ont pas appelé les pompiers, mais la brigade. De ce fait, j'ai pu préserver la scène autant que possible.

— C'est bien. Le temps d'appeler Ménard et on arrive.

— Traînez pas trop. J'ai un collègue qui prévient les parents. Ils vont se radiner et crois-moi, il vaut mieux que le corps soit parti avant qu'ils arrivent.

— Je me doute. Personne n'entre tant que nous ne sommes pas là. Quand tu dis « autant que possible »…

— Bien qu'il me semblait évident qu'elle soit morte, j'ai quand même fait confirmer par le SMUR. Mais j'ai veillé à ce que le toubib la touche le moins possible.

Il a été plus utile pour la copine qui a trouvé le corps. Elle était en état de choc. Elle est au CHU. Le copain lui est dans nos locaux. On l'interroge mais, à mon avis, ils n'y sont pour rien. À confirmer.

— Bon. On arrive. L'adresse ?

Le commandant la lui transmit avant de raccrocher.

Pasquier appela Ludovic Ménard :

— On a une affaire. Apparemment, c'est pas joli.

Il lui résuma les éléments en sa possession.

— J'arrive. Appelle Ambre aussi. On ne sera sans doute pas trop de trois.

Une heure plus tard, le fourgon marqué « Identification criminelle » faisait son entrée dans la ville portuaire.

*

Joël Bricart avait regardé partir sa femme avec regret. « Les aléas du métier », avait-elle dit avec un pauvre petit sourire. Pour une fois qu'ils avaient trois jours de congés ensemble, c'était dommage. D'autant plus dommage que le lendemain, ils avaient prévu une chasse aux œufs de Pâques avec leur petit bonhomme pour qui cela devait être une première. Comme tous les jeunes parents, ils s'émerveillaient de voir leur rejeton évoluer au fil des jours et se faisaient une joie de se livrer avec lui à cette tradition séculaire.

D'après ce qu'Ambre lui avait dit, l'affaire était sérieuse. Pourvu aussi qu'elle soit simple à résoudre, sinon, tout major de gendarmerie qu'il soit, il allait passer ses trois jours de congés à jouer au papa poule, ce qui n'était pas pour lui déplaire. Mais il était tranquille. Thierry Renard était un bon. Il allait mener cette enquête d'une main de maître. Avec un peu de chance, Ambre serait rentrée ce soir et ils pourraient réaliser leurs projets en famille.

*

Quand le trio de la PTS arriva avenue Pasteur, la route était barrée aux deux extrémités par des voitures de gendarmerie. Ils se garèrent devant le portail. Thierry Renard, prévenu par radio, vint à leur rencontre. Ils échangèrent les salutations et politesses d'usage avant qu'il ne leur fasse un nouveau résumé de la situation.

— Très bien, fit Ménard. Luc, tu t'occupes du jardin. Ambre et moi, on attaque le rez-de-chaussée.

— Le corps est à l'étage, spécifia Renard, étonné de cette approche.

— Je sais. On procède par ordre. S'il l'a tuée à l'étage, il est passé par le rez-de-chaussée, on ne peut pas risquer de louper le moindre indice. Et pour l'instant, rien ne prouve qu'il n'a agi qu'en haut.

— Les parents…

— Où vous voulez, mais pas ici. De toute façon, ce ne sera pas un spectacle pour eux.

Renard acquiesça.

Ils pénétrèrent dans le jardin après s'être équipés comme il se doit. Combinaisons intégrales avec capuches, masques, surchaussures et, bien entendu, gants en nitrile.

À dix-sept heures, le jardin était considéré comme inexploitable en raison de la tempête. Seul un loquet tordu sur un volet avait été relevé comme un indice possible. Pasquier rejoignit le reste de l'équipe. Le rez-de-chaussée avait été photographié de façon à pouvoir le reconstituer virtuellement sur l'ordinateur. Des relevés d'empreintes effectués sur toutes les poignées de portes et fenêtres, de même que sur les interrupteurs permettraient de chercher un éventuel suspect au FAED[1]. Depuis peu, il était également possible de trouver un ADN à partir d'une empreinte pour peu qu'elle contienne un minimum de sueur. Le FNAEG[2] serait dans ce cas également interrogé. Aucun signe d'effraction n'avait été relevé. Les restes du repas furent emballés et mis sous scellés.

Ils examinèrent l'escalier et le palier de l'étage avec la même minutie.

— L'ampoule ne marche pas, constata Ambre. Claquée ou dévissée ?

Ménard, plus grand que la jeune femme, s'en chargea :

— Dévissée, constata-t-il. On l'emballe. Il y aura peut-être des empreintes.

Chaque pièce avant la chambre de Sarah fut cartographiée à son tour, les empreintes relevées. Dans la salle de bains, Ambre fronça le nez, ce qui n'échappa pas à l'œil attentif de Ménard :

— Tu sens quelque chose ?

— Un parfum bon marché ?

— Possible. On verra dans la chambre. S'il y a le même, on prélèvera un tampon.

Enfin, ils entrèrent dans la chambre.

1. FAED : fichier automatisé des empreintes digitales.
2. FNAEG : fichier automatisé des empreintes génétiques.

Ménard enveloppa la scène du regard. Il ne lui fallut pas longtemps pour prendre une décision :

— Ambre, appelle Joël. Qu'il rameute Fred et Laura. C'est une affaire pour eux.

****

# CHAPITRE 4

*Samedi*

Je m'étirai, les reins fracassés par trois heures trente de vol entre Héraklion en Crète et Nantes. Les courbatures étaient le prix à payer pour retrouver un peu de soleil après deux mois de pluie continuelle sur la Normandie. Un coup de tête, un hasard heureux permettant à Serge, mon époux, de prendre huit jours de congés en même temps que moi et direction le soleil. Malgré tout, nous avions eu de la chance. Le temps n'étant pas absolument garanti à cette période de l'année, même deux mille six cents kilomètres plus au sud. Malgré la fatigue du voyage nous étions requinqués, Serge pour reprendre son poste de commandant de bord à la base de la Sécurité civile de Granville et moi pour pouvoir envisager, avec un moral revenu au beau fixe, de pourchasser le mal à l'état pur qui règne sur cette terre. Mon métier de psycho-criminologue est éprouvant pas tant physiquement que psychologiquement, ce qui n'est pas sans influence sur la santé, provoquant un état d'épuisement après chaque affaire sordide. Même si la satisfaction d'avoir arrêté un suppôt de Satan est en soi gratifiante, le chemin pour y arriver est semé d'embûches et trop souvent de cadavres ayant subi les pires outrages de la part de leur tortionnaire.

Avant de partir, j'avais prévenu Fred Jumet, le leader de notre équipe dépendant directement du ministère de l'Intérieur, que je couperais mon téléphone.

— Tu as raison. Profite, avait-il répondu généreusement, alors que mon contrat spécifiait que je devais être joignable à n'importe quel moment du jour et de la nuit et rapatriable dans les vingt-quatre heures en cas d'urgence.

Ce n'est donc pas sans appréhension que je relançai mon portable professionnel à la sortie de l'aéroport.

Rien. Pas un message.

— Étonnant, dis-je.

— Tu avais prévenu, donc c'est sympa de ne pas avoir cherché à te joindre, approuva Serge qui, pour sa part, avait deux convocations à des réunions et une visite PN (personnel navigant) à prévoir.

— On y va ?

— Oui, bien sûr. J'ai hâte de retrouver ma Choupinette !

— Ce chien, c'est pire qu'un gosse, soupira Serge qui jouait les durs, mais qui avait eu autant de mal que moi à laisser notre petite chihuahua chez la voisine. Mais il faut savoir ce que l'on veut ! Elle n'en sera que plus contente quand elle nous retrouvera !

J'approuvai et rangeai mon téléphone dans mon sac à main.

Nous quittâmes Nantes en direction de Rennes, puis d'Avranches et enfin du Mont-Saint-Michel. Nous habitons un petit village à côté de Pontorson dans la Manche et nous y trouvons très bien. La seule chose qui nous avait manqué cet hiver, c'était un peu de soleil, même froid. De la pluie et toujours de la pluie avait eu raison du moral d'une grande partie des gens du Nord et en particulier des Normands et des Bretons.

Deux heures trente de route et nous arrivâmes en vue de notre pavillon.

— On a de la chance. Il n'y a pas eu trop de circulation pour un samedi de Pâques. Quoiqu'on soit en début de soirée. Le plus gros de la circulation doit être passé. Heureux de rentrer, dit Serge. On est quand même bien chez nous !

— Moi aussi, je suis contente. Mais on apprécie mieux ce qu'on a quand on s'absente de temps en temps !

— Alors, tu dois souvent apprécier, ricana Serge. Avec ton boulot, tu es souvent partie !

— Et toi alors, avec les gardes que tu te paies !

— Donc, nous apprécions tous les deux ! C'est formidable une pareille entente.

Nous rîmes, détendus, l'esprit encore un peu en vacances.

Les valises à peine déposées, je me précipitai chez ma voisine pour récupérer ma petite chienne. La fête qu'elle me fit m'émut profondément. L'amour d'un chien est tellement vrai, tellement profond qu'il n'y a rien d'égalable. Il n'y a que la mort qui l'éteint et toujours trop vite.

Nous revenions à peine que mon sac posé sur la table du séjour se mit à vibrer, puis à sonner.

Tout en me précipitant, je jetai un regard consterné à l'homme de ma vie qui, fataliste, haussa les épaules.

Cette sonnerie nous ne la connaissions que trop bien.

— Oui Fred, je t'écoute.

— Ah tu es rentrée !

Une évidence !

— Depuis une demi-heure oui.

— Oh. Désolé. Je sais que tu as posé ton congé jusqu'à mardi, tout comme Joël d'ailleurs, mais…

— On a une affaire.

— T'as tout compris !

— Quoi et où ?

— Ouistreham. Sans doute un viol qui a mal tourné la nuit dernière.

— Il y a une brigade à Ouistreham. Pourquoi nous ?

— Parce que Ménard est sur les lieux et qu'il a estimé en voyant la scène que c'était une affaire pour nous.

Si Ménard avait éprouvé le besoin de nous mettre en alerte, ce ne devait pas être joli, joli.

— Écoute, je vais venir, mais pas ce soir. J'ai six heures de voyage dans les pattes. Repartir avec la voiture et la nuit qui arrive ne serait pas prudent. Il me faut quelques heures de sommeil. Je peux partir à l'aube demain matin et…

— Je me suis renseigné sur tes horaires quand j'ai été prévenu. Pas besoin de voiture. Le BK 117 va venir te prendre d'ici une heure. Enfin, si tu penses être prête. Je veux que tu voies la scène. Je sais que cela peut être important dans ta démarche. Bricart est déjà sur place. Moi j'arrive à Caen. On se retrouve là-bas.

— Très bien. J'y serai.

Si Fred insistait autant, c'est que, d'après le rapport de Ménard, il considérait que la scène pouvait m'apporter des éléments sur le tueur. Je savais que rien ne serait bougé avant mon arrivée, même pas le corps. Et si l'attaque avait effectivement eu lieu la nuit dernière, on ne pouvait pas se permettre de traîner.

— Il faut que j'y aille, dis-je à Serge, un peu déçue de ne pouvoir reprendre mes marques en toute quiétude.

— Je sais. Ce n'est pas grave. Arrête le salaud qui a fait ça. Après, tu te reposeras. Sinon, comme je te connais, tu auras mauvaise conscience !

Il avait raison. Je filai sous la douche, préparai un sac de campagne et eus juste le temps de donner à manger au chien avant que le bruit caractéristique du rotor du BK se fit entendre. Comme à chaque fois que j'avais un départ précipité, il se posa dans le champ en face de la maison, sans couper les turbines. Serge m'accompagna au pied de la machine et m'aida à monter tout en saluant ses collègues.

Moins d'une heure plus tard, l'hélico se posait sur la plage de Riva Bella balisée et évacuée pour la circonstance par les pompiers de la ville habitués à diriger l'hélico sur des aires un peu particulières. Malgré le bruit et les turbulences, j'avais dormi comme une masse. C'est donc un peu plus dispose que je pris pied sur cette plage au nom si caractéristique, évoquant le sud et le soleil. Je connaissais un peu la ville pour y avoir passé des journées en touriste lors de séjours chez ma belle-sœur de Troarn. On y venait pour manger des moules, visiter un musée ou simplement flâner sur l'immense plage de sable fin garnie de cabines caractéristiques. Mais comme je n'aime pas le tourisme lascif, je me renseigne toujours sur les endroits que je visite. C'est ainsi que j'avais appris qu'en 1866, une première villa fut construite dans les dunes. Elle appartenait à un riche Caennais qui la baptisa, comme c'est la coutume, du doux nom de « Belle Rive ». Puis un peintre, un artiste sensible aux couleurs et à leurs nuances, sans doute un peu poète à ses heures, trouva une similitude entre les couchers de soleil qu'il avait pu voir en Italie et ceux, si particuliers, qui enchantent les Ouistrehamais et leurs visiteurs. De Belle Rive, il fit Riva Bella, nom charmant qui resta.

Malheureusement, ce soir, il n'y avait rien de charmant. Accueillie par le capitaine des pompiers, je fus amenée, sans ménagement entre deux rubalises rouge et blanche empêchant les curieux de s'approcher, hors de la zone de danger que représentent les pales de l'hélico. Je pris pied sur les planches qui partaient du poste de secours et, toujours à vitesse rapide, fus amenée jusqu'à l'esplanade éclairée par des réverbères, bordée de snacks et de la maison du tourisme où m'attendait une voiture de gendarmerie.

Le pompier me salua militairement, tout en me catapultant sur le siège arrière. Un homme à poigne assurément !

— Bonsoir, madame. Gendarme Perriers. Je suis chargé de vous amener à destination.

— Bonsoir. C'est loin ?

— Deux minutes à peine.

Il passa devant le casino brillant de mille feux où sans doute de braves gens brûlaient leurs économies avec l'espoir de faire fortune sans se douter un instant du drame qui s'était joué à quelques mètres de là.

Dès qu'il le put, il tourna à gauche et s'engagea dans une avenue résidentielle bordée de tilleuls. J'aperçus un peu plus loin en direction de la mer, les voitures de gendarmerie, le fourgon de la PTS, un véhicule mortuaire et les voitures respectives de mes collègues plus quelques autres. Il s'arrêta au milieu de la route, ce qui ne gêna personne, la circulation étant interdite pour cause de meurtre.

— C'est là, dit-il.

La précision n'était pas utile, mais je le remerciai pour sa diligence.

Un planton m'ouvrit le portail qui donnait sur un jardin trop garni d'arbustes divers. Le genre de jardin que l'on entretient quand on vient en vacances et qui, le reste du temps, prend des airs de jungle urbaine.

Je me trouvais devant une villa des années soixante, presque aussi éclairée que le casino, les spots de la PTS illuminant les pièces en plus de l'éclairage traditionnel.

Un homme s'avança à ma rencontre. Un commandant reconnaissable à ses galons. De taille moyenne, la quarantaine, arborant l'uniforme avec prestance, il avait les cheveux ras du militaire. Il portait de petites lunettes et une barbe de deux jours, peu protocolaire, mais très à la mode ces temps derniers au mépris de la sensibilité de la peau des femmes.

— Commandant Thierry Renard, se présenta-t-il. Laura Claes, je présume.

— C'est ça.

— Vous êtes très attendue. Le légiste ne tient plus en place ! Mais le commandant Jumet a formellement interdit de toucher le corps jusqu'à votre arrivée.

Nous pénétrâmes dans un hall sur lequel donnaient d'un côté la cuisine et de l'autre un salon et une salle à manger. Le désordre habituel régnait après le passage des experts. J'en déduisis qu'ils avaient estimé que ce rez-de-chaussée ne présentait pas d'intérêt particulier. Ce n'était pas là qu'avait eu lieu le drame. Pasquier surgit dans mon dos.

— Ah Laura ! Tu es très attendue !

— C'est ce qu'on m'a dit. J'ai fait aussi vite que possible.

— Pas de problème pour moi.

— Pas d'effraction ?

— Non. Ou il a trouvé une fenêtre ouverte, qu'il a refermée ou elle lui a ouvert la porte. Vraisemblablement, il est reparti par la porte qu'il a simplement tirée derrière lui.

— On monte ? s'impatienta Renard.

— Je vous suis.

L'escalier de bois craqua sous nos poids réunis. Une vague odeur de renfermé et d'humidité stagnait dans l'air, caractéristique des maisons vides l'hiver, chauffées au minimum pendant ces périodes humides. Mais cette odeur était maintenant couverte par une autre : celle d'un corps en début de putréfaction.

Je savais ce qui m'attendait et malgré mon habitude des scènes de crime, mon cœur se serra. Qu'allais-je découvrir dans cette chambre qui avait été le cocon d'une jeune fille heureuse ?

****

# CHAPITRE 5

C'était une vraie chambre de fille. Ou plutôt de petite fille. Sarah Blondiaux devait fêter ses dix-huit ans, mais n'avait pas tiré un trait sur les années heureuses de son enfance. Dans cette pièce, le rose était la couleur dominante : murs et moquette rosés, tentures roses à fleurs. Sur une étagère, une impressionnante collection de poupées Barbie habillées de robes de princesses. Dans la bibliothèque, des livres d'enfants de la bibliothèque rose, elle aussi, occupaient les étagères du bas. Sans nul doute des livres hérités de sa mère ou même de sa grand-mère, qu'elle avait dévorés pendant son enfance que l'on devinait choyée. Les étagères du haut, au contraire, rappelaient que l'on avait affaire à une étudiante. Les annales du BAC de l'année dernière y occupaient une bonne place à côté de quelques livres à l'eau de rose, mais aussi de romans policiers. On avait l'impression de rentrer dans une bonbonnière. Tout ici évoquait la douceur sucrée. Sauf le cadavre qui gisait à côté du lit.

— Salut Laura. Désolé de te faire redémarrer sur les chapeaux de roues !

— Pas de problème Fred. Salut Joël.

En temps normal, il y aurait eu échange de bises, mais là, c'eut été déplacé.

Un homme d'environ trente-cinq ans se tenait dans un coin de la pièce. À sa tenue, et vu que je ne le connaissais pas, j'en déduisis que c'était le légiste. Il avança d'un pas et lança :

— On désespérait de vous voir arriver !

Sympa l'accueil !

— J'ai fait aussi vite que possible. Monsieur ? demandai-je pendant que je m'équipais à mon tour.

— Docteur Cyril Chauvin, légiste à Caen.

Il était grand, façon échalas. Des jambes trop longues lui donnaient l'air d'être en déséquilibre constant. Il ne se tenait pas très droit, avait le visage parsemé de taches de rousseur et des yeux assez étonnants pour un homme. Leur éclat du plus beau vert était sans nul doute son atout charme. Je ne pouvais voir ses cheveux actuellement cachés par la cagoule de circonstance, mais j'aurais parié qu'ils étaient roux.

— Enchantée.

— Ouais. Moi aussi. Bon, je peux commencer ?

— Vous n'êtes plus à cinq minutes près. Je vais examiner la scène.

Je me tournai vers le lit et posai la question inévitable devant le matelas nu :

— Quelqu'un a emporté les draps ?

— Oui, répondit une voix familière dans mon dos. Mais pas nous.

Ménard était entré sans que je m'en rende compte.

— Salut Ludo ! Pas vous ?

Cela ne m'étonnait pas puisque Jumet avait fait figer la scène.

— Le tueur alors ?

— C'est vraisemblable. Tout était exactement ainsi quand nous sommes arrivés. Renard a confirmé que personne n'a touché à rien.

— Un tueur qui emporte des draps et couvertures, mais qui laisse le corps et ses vêtements.

Je m'agenouillai près de la jeune fille et fronçai le nez. La mort avait fait son œuvre et les différentes matières organiques évadées par les sphincters empestaient l'atmosphère. Mais ce n'est pas ces aléas, indissociables de la situation, qui attiraient mon attention. Une odeur de parfum bon marché émanait des cheveux de la jeune fille.

Je m'adressai à Ménard :

— Tu as tamponné ses cheveux ?

— Ah ! Tu as senti aussi ? Un parfum n'est-ce pas ? Ambre l'a perçu dans la salle de bains déjà.

— Un parfum bas de gamme, dis-je. Pas du genre de la maison. Un truc de supermarché.

— Un violeur parfumé ? demanda Jumet.

— Possible. Il va falloir l'identifier et demander aux parents s'ils en achètent ou pas. Si la réponse est non, ce que je parierais, c'est qu'il y a eu transfert d'une autre personne sur Sarah. Sans doute son agresseur.

Ménard m'interrompit :

— Les cheveux gardent les parfums plus longtemps que la peau. C'est dû aux micro-écailles de kératine qui les composent. Les molécules du parfum se font emprisonner entre les écailles et sont persistantes. Pour les enlever, il faut se brosser les cheveux. C'est valable aussi avec les odeurs de tabac, de friture, etc. Je vais chercher le nécessaire, dit-il tandis que je continuais mes observations.

Sarah avait enfilé un pyjama rose en pilou pour aller se coucher. Peut-être même avant si elle avait passé une soirée tranquille à la maison comme le suggéraient, d'après Renard, les déclarations faites par l'amie avant qu'elle soit hospitalisée en état de choc. Elle avait affirmé que Sarah avait regardé « The Voice » à la télé et qu'elle n'était pas tranquille à cause de la tempête. Malheureusement, elle n'en savait pas plus. Le haut du pyjama était toujours en place, même s'il était remonté jusqu'au milieu du dos. Le pantalon par contre avait été arraché et gisait par terre en vrac. L'élastique semblait détendu, ce qui impliquait qu'il avait lâché. Personne ne se promène, même à la maison, avec un pantalon qui dégringole sur les jambes. Cela dénotait une extrême violence. Ce genre d'élastique, à moins d'être « cuit » à force de lavages, ne cède pas sans résistance.

Son thorax reposait sur le sol. On ne voyait que le profil droit de son visage et, de ce que je pouvais voir à travers ses cheveux épars, il ne semblait pas porter de traces de coups. J'écartai doucement le col du pyjama.

— Vous confirmerez docteur, mais on dirait bien qu'elle a été étranglée.

Il se pencha au-dessus de moi, dans l'espace restreint entre le mur et le lit. Je sentis son haleine sur mon cou alors qu'il acquiesçait.

— Traces de strangulation, dit-il. *A priori* manuelle.

— Vous voulez dire qu'il l'a étranglée à mains nues ? demanda Jumet.

— C'est ça.

— Il y a peut-être moyen de relever des empreintes sur la peau, suggérai-je.

— Je vous dirai ça quand elle sera sur la table d'autopsie. On peut y aller maintenant ?

— On la retourne d'abord.

Ce ne fut pas si simple. La rigidité cadavérique avait fait son œuvre. La malheureuse Sarah tenait de la statue de verre. Impossible de resserrer ses jambes écartées et maculées de sang séché. Impossible aussi de lui ramener les bras le long du corps. Il fallut pousser le lit pour pouvoir retourner le corps sans prendre le risque de l'abîmer.

— Vous avez une idée de l'heure de la mort ? demanda Jumet.

Renard intervint :

— Elle a envoyé son dernier SMS à Julie à minuit cinq.

— La rigidité est complète donc, il y a plus de dix heures qu'elle est morte. Mais ça on le sait déjà par la chronologie des faits. Envoi du SMS et heure de découverte du corps. Je vais prendre la température.

Il sortit un thermomètre qu'il enfonça dans le rectum de la victime. Cela me sembla un peu obsolète. À ma connaissance, il existait maintenant des thermomètres plus sophistiqués. J'échangeai un regard avec Jumet et nous nous comprîmes. Il serait bien que nous puissions demander à Lambert, notre légiste habituel d'assister à l'autopsie. Nous avions une totale confiance en ses conclusions qui étaient d'une rigueur extrême.

— Son corps est à vingt degrés, ce doit être la température ambiante de la pièce. Si on considère qu'elle a perdu 17° de température corporelle pour atteindre la température ambiante, on va dire… entre minuit et trois heures du matin. J'en saurai plus à l'autopsie, avec notamment le bol alimentaire, conclut Chauvin.

J'observai le haut de pyjama. Il était de ceux qui s'enfilent par la tête. Le col était garni de petits nœuds et de petites fleurs brodées.

— Il manque un nœud, dis-je. Quelqu'un l'a vu quelque part ?

Les intervenants présents secouèrent la tête. Personne n'avait vu ou ramassé de nœud.

— Elle peut l'avoir perdu n'importe quand, remarqua Renard.

— C'est un fait. Mais il a été arraché. Regardez, il y a encore un fil qui pend. C'est négligé. Et d'après ce que j'ai pu voir autour de moi, ici tout est nickel. On peut imaginer que le tueur l'a emporté.

— Pourquoi aurait-il emporté un nœud rose ? Cela ne présente aucun intérêt. Il y avait autre chose à voler dans cette maison, ne fût-ce que le bracelet qu'elle porte au poignet droit et qui a l'air d'être en or. Sans parler de l'ordinateur portable, du smartphone ou de tout le matériel hi-fi.

Le commandant de brigade était pragmatique.

— Je suis d'accord, dis-je, s'il s'agissait d'un cambriolage qui a mal tourné. Mais ce n'est pas le cas ici. L'individu est venu pour elle. Emporter un souvenir de sa victime peut l'aider à revivre des sensations qu'il a connues lors de son méfait.

— Vous voulez dire qu'il va s'envoyer en l'air devant un nœud rose ?

— C'est possible.

— C'est tordu !

— Bien sûr. Sinon, nous ne serions pas ici.

— Vous pourchassez de vrais malades !

— Il faut bien que quelqu'un le fasse, intervint Bricart qui jusque-là était resté silencieux.

— Voilà pourquoi je voulais que l'on ne touche à rien avant l'arrivée de Laura, commenta Jumet. Qui d'entre nous aurait fait attention à ce détail ?

Personne ne répondit.

Ménard revint avec son matériel. Il sortit des bandes de tissu cotonneuses d'un sac scellé à l'aide d'une pince et entreprit de les poser sur les cheveux de Sarah. Puis, il lui enveloppa la tête dans du papier alu. Il attendit un peu, retira l'alu, préleva les bandes qu'il enferma dans quatre bocaux de verre.

Un pour identifier le parfum, un pour capturer l'odeur du tueur, deux autres au cas où.

Si nous arrivions à identifier un suspect, il prélèverait son odeur et la comparerait avec l'aide d'un chien renifleur à celle prélevée sur la jeune fille. Chacun de nous possède sa propre odeur qui est unique. Aussi sûr qu'un relevé d'empreintes digitales bien net. L'avantage du chien, c'est qu'il ne se trompe jamais. Avec deux cents millions de cellules olfactives contre vingt millions pour l'homme, la truffe de notre meilleur ami est infaillible.

Jumet m'interrogea du regard. J'approuvai.

Sarah Blondiaux pouvait rejoindre la morgue du CHU de Caen où, dès le lendemain, Chauvin pratiquerait l'autopsie à moins que Jumet obtienne de nos supérieurs l'intervention de Lambert.

Ménard et Ambre se chargèrent de préparer le corps pour le transport afin d'éviter tout risque de transfert avec des éléments extérieurs. Une première housse en non tissé puis une seconde en plastique gris.

Les hommes des pompes funèbres firent leur entrée et n'eurent qu'à ramasser le paquet informe qu'était devenue la jolie Sarah Blondiaux, dix-huit ans aujourd'hui.

****

# CHAPITRE 6

*Samedi soir*

La gendarmerie se trouvait un peu en dehors du centre historique et touristique, avenue du Maréchal-Foch. L'ensemble des bâtiments administratifs et logements de fonction se tenait dans un cadre verdoyant entouré de hautes grilles vertes. L'accueil se situait dans une construction au toit plat au rez-de-chaussée, devançant l'ensemble des bureaux qui occupaient une bâtisse ressemblant à une maison de deux étages au toit d'ardoises garni d'un chien assis à quatre fenêtres, de quatre cheminées et bien entendu de l'inévitable antenne pour les liaisons radio. Installée dans la voiture de Jumet, suivis de Bricart, nous pénétrâmes sur le terrain militaire par un portail automatique à gauche de l'entrée réservée au public. Là se situait le parking des voitures de service. Les membres de la Scientifique étaient repartis au labo pour lancer les différentes analyses. Deux gendarmes resteraient de garde devant la villa afin d'éviter à d'éventuels voyeurs morbides de se montrer trop curieux.

Renard nous fit entrer par l'arrière de l'accueil, où nous fûmes salués avec respect par un jeune planton. Nous le suivîmes dans son bureau au premier étage du bâtiment principal.

Il nous fit asseoir, demanda par téléphone que l'on nous monte du café et des sandwiches. Pour ma part, je souhaitai du thé, mais il fit la moue. Ses hommes carburaient plus au café qu'à l'eau chaude !

— Un soda ou de l'eau alors.

Pendant cette pause nécessaire, il nous expliqua les modalités utiles à l'intendance de notre séjour. Nous pouvions disposer de deux appartements de fonction meublés, réservés aux renforts qui venaient l'été.

— Un appartement suffira, déclara Jumet. Nous avons l'habitude de cohabiter pendant les enquêtes et ainsi, si l'un ou l'autre a une idée de génie, elle est exploitée immédiatement. Nous, on gagne du temps et vous évitez de mettre en service un autre logement.

— Comme vous voudrez. Je voulais juste préserver votre intimité.

— Il n'y en a pas dans une enquête comme celle-ci. Ce qui prime c'est l'esprit d'équipe. D'ailleurs, on va faire un point si tu veux bien. Le copain qui est venu de Paris, comment s'appelle-t-il déjà ?

— Lucas Bordier. Dix-huit ans. Études de droit à Paris. Petit copain de Julie Pelissier, la meilleure amie de Sarah Blondiaux.

— Il serait bien d'avoir un tableau, l'interrompit Bricart.

— Dans ce cas, on sera mieux en salle de réunion. Suivez-moi.

Il nous emmena au bout du couloir, dans une salle qui pouvait contenir au moins trente personnes.

— Eh bien ! Vous ne manquez pas de place, dis-je.

— C'est vrai. On est gâtés. Prenez place.

Nous nous installâmes devant le tableau blanc et Bricart s'empara des marqueurs pour noter les différents éléments et les lier entre eux par des couleurs distinctes. C'était son truc. Il maintenait, avec raison, à mon avis, que seul ce système permettait d'avoir une vue d'ensemble de la situation. Pendant ce temps, Renard effectua un tour de passe-passe qui réduisit la salle de la moitié de sa surface. Il dégagea du mur d'immenses panneaux qui coulissèrent sur des rails fixés au plafond, afin d'isoler une partie de la salle.

— Il est toujours ici Bordier ? demanda Jumet.

— Oui, je l'ai placé en garde à vue au titre de témoin assisté.

— Très bien. Et sa copine est toujours au CHU ?

— Oh, je le suppose. Ses parents devaient arriver, mais je n'ai pas eu le temps de m'en occuper. Il y a un gendarme devant la porte de sa chambre. Elle ne partira pas sans que je le sache.

— Bon réflexe.

— Et les parents de la victime ? demandai-je.

— Ils sont arrivés en début d'après-midi. Ils ont pris la route dès que je leur ai annoncé la triste nouvelle. La mère est dévastée. Elle ne voulait pas de cette fête. C'est le père qui a insisté pour qu'elle puisse la faire.

— Soupçonnable ?

— Le père ? Je ne crois pas. Mais vu que c'est vous qui reprenez l'enquête, je ne l'ai pas encore interrogé.

— Ce ne serait pas le premier cas d'inceste qui tourne mal, dis-je.

Jumet enchaîna pour ménager la susceptibilité du commandant qui se montrait pourtant de bonne composition :

— Si Ménard nous a fait appeler, ce n'est pas qu'il doute des compétences de ta brigade. C'est qu'il estime que ce tueur-là n'est pas comme les autres, que ce ne sera pas une simple enquête pour viol et meurtre, mais une chasse au prédateur qui risque de frapper encore. Ne t'inquiète pas. Nous agissons dans l'ombre comme eux. C'est le meilleur moyen d'attraper ce genre de salaud. Considère-nous comme des auxiliaires qualifiés. Le mérite du résultat sera attribué à tes équipes. Nous, on s'en fout. Tout ce qu'on veut c'est qu'il n'y ait pas d'autres victimes. Bon, où en étions-nous ?

Thierry Renard eut un signe de tête d'assentiment, prouvant qu'il avait compris que nous n'étions pas là pour lui piquer sa place, mais seulement pour l'assister. Il enchaîna :

— Je les ai installés dans une pension de famille en centre-ville. Il n'était pas question qu'ils voient leur fille dans cet état. On leur rendra la maison quand nous en aurons fini pour de bon. Je connais bien la propriétaire. Elle va les choyer et m'appellera en cas de problème.

— Une amie à toi ?

— Ma mère !

Au moins, on était certains que les parents étaient sous bonne garde !

— On interrogera tout ce beau monde demain matin, déclara Jumet.

J'approuvai vivement. Après le voyage et ce retour en fanfare, je n'en pouvais plus. J'avais même du mal à suivre la conversation !

Mais Bricart en remit une couche :

— Qu'a donné l'enquête de voisinage ?

— Pas grand-chose. Tous disent que c'étaient des voisins discrets et gentils. Ils ne venaient, comme beaucoup d'autres, que lors de congés ou de vacances. Ils étaient courtois. La mère s'était donné la peine de faire le tour des voisins proches pour s'excuser du bruit qu'il pourrait y avoir… eh bien ce soir… lors de la fête. Milieu aisé bon chic, bon genre pour la majorité des habitants des villas qui ne font que passer. En dehors des gens du cru, quelques couples de retraités vivent ici à l'année. Hier soir, la tempête s'est levée. Donc tous se sont enfermés, volets clos. Ils n'ont rien vu, rien entendu. Il y a juste un des retraités qui a sorti son chien, car il ne supporte pas les crottes dans son jardin.

— Dans la rue, cela ne le dérange pas ? demanda Bricart ironique.

— Ne crois pas ça ! Il ramasse, mais il paraît que c'est plus facile ainsi. Il ne doit pas chercher. Bref, il est sorti vers 23 h 30. Il passe devant Les Farfadets pour rejoindre le boulevard Commandant-Kieffer et revient par l'avenue de la Mer. À cette heure-là, Sarah était vivante. Il est affirmatif. Il l'a aperçue à travers la végétation du jardin, en train de se battre contre le vent pour fermer ses volets. Près du chantier en face de la villa, le chien a grogné. Il se méfie, car avec les migrants… enfin, c'est un autre débat. Mais il n'a vu personne. Il est rentré chez lui sans rien remarquer. Tous ont dormi sur leurs deux oreilles pendant que la petite se faisait massacrer. Ils n'y peuvent rien, mais ils resteront marqués. Surtout le vieux au chien. Il pense que s'il avait approfondi son inquiétude, il aurait peut-être pu faire quelque chose.

— Les violeurs sont en général des hommes en pleine force de l'âge, dis-je. S'il l'avait localisé, l'autre, obnubilé par Sarah, ne lui aurait sans doute pas fait de cadeau. Et nous aurions deux victimes au lieu d'une.

Le débat s'arrêta là. Il était plus de minuit. Le commandant nous conduisit jusqu'à nos pénates. Un appartement propre, minimaliste, comme le sont souvent les logements ponctuels pour militaires de passage. Situé au premier étage du premier des deux bâtiments à trois étages logeant les fonctionnaires, j'appréciai qu'il ne fût pas au troisième !

Nous nous installâmes. Grand luxe : chacun de nous avait une chambre, ce qui n'était pas toujours le cas. J'eus droit à la chambre au grand lit, geste galant de la part de mes collègues qui savaient bien que je saurais les remercier en préparant leur café du matin par exemple ! Nous formions, en tout bien tout honneur, une espèce de ménage à trois pour la durée des enquêtes où chacun avait son rôle et ses habitudes. Il restait à faire le lit, ce qui me coûta plus que de raison. Je m'écroulai de fatigue, ne rouvrant les yeux qu'à six heures moins cinq le lendemain, juste avant la sonnerie du réveil.

*

Il était sorti de chez Sarah vers trois heures du matin. Il avait attendu, car d'expérience, il savait qu'à cette heure-là les rues sont désertes. Les braves gens dorment, les fêtards ne sont pas arrivés au bout de la nuit et dansent encore jusqu'au petit matin. Oui. Trois heures, c'était une bonne heure pour se fondre dans la nuit. Quand il avait constaté le décès de la jeune fille, l'excitation sexuelle retombée, il avait d'abord eu peur. C'était la première fois qu'il se laissait aller à de pareilles extrémités. Mais très vite, en contemplant le corps abandonné sur le lit dans une position quasi grotesque, il s'était senti fort. Puissant même. C'était son œuvre. Il avait été capable de faire ça. Son excitation était revenue, mais il n'avait pas osé reprendre ce corps entièrement à sa disposition. Trop risqué. Il craignait de laisser des traces. C'était déjà assez compliqué d'enlever le préservatif sans que rien ne coule à côté ! Et puis, elle ne résisterait plus. De fait, il n'était pas certain d'atteindre son plaisir. Il aimait qu'une femme lui dise non, qu'elle soit terrorisée, qu'elle supplie, ça oui, c'était le pied suprême. Baiser sans résistance n'était qu'un pis-aller et représentait un risque d'échec certain. En attendant l'heure de partir, il avait fait le tour de la maison, en faisant attention de ne toucher à rien. Juste histoire de s'occuper. Il était chez des bourges. Pas des archi-fortunés, mais bien tranquilles quand même. Il avait été tenté par quelques objets précieux, mais une petite voix lui soufflait que ce serait signer son arrêt de mort. Si un jour les flics débarquaient, il pourrait toujours tout nier en bloc, mais s'il était pris avec des bijoux ou du hight-tech, cela deviendrait plus compliqué. Oui, mais il y avait… Impossible. Personne ne le trouverait jamais.

Ensuite, il était retourné dans la chambre de Sarah. Pas besoin de menaces cette fois pour assurer sa sécurité. Celle-ci ne parlerait pas. Il contempla le lit et son trophée. C'était quand même risqué cette histoire. Il n'avait aucune envie de choper perpette. Il se revit en pleine action. Il n'était pas à la recherche de plaisir, non. Il analysait chaque geste, chaque instant. Aurait-il pu laisser une trace quelconque ? Soudain, il eut un doute. Une seule goutte de sperme ou de salive pouvait le trahir. Impossible d'emporter le corps, il n'avait pas de voiture. Par contre, il pouvait faire disparaître le drap et la couette. C'étaient les seules choses qu'il avait touchées. C'est alors qu'il eut l'idée. Une idée de génie. Bien sûr ! Il allait faire ça. Personne ne ferait jamais de lien avec lui !

Déplacer le corps le révulsa soudain. Sarah n'était plus qu'un jouet cassé dont il devait se débarrasser ! Il mit la couette de côté, déborda le drap. Puis du même geste que celui d'une ménagère qui secoue sa nappe, il secoua le drap avec toute la force dont il était capable. Le corps de Sarah hésita au bord du lit. Il imprima un nouveau mouvement. Cette fois, il tomba lourdement sur la moquette. Satisfait, il ne lui jeta plus un regard. Il plia soigneusement draps et couette de façon à faire un paquet le moins encombrant possible, descendit à la cuisine où il avait repéré des sacs de courses vides. Il en prit un et tassa le linge de lit dedans. Il emporta aussi la valise, pour réaliser son idée, c'était utile. Il sortit de la maison par la porte d'entrée, traversa le jardin et observa la rue avant de se lancer. Personne. Il s'éloigna d'un pas vif vers le bois du Caprice. Là, il y avait un bon coup à faire.

****

# CHAPITRE 7

*Dimanche matin*

J'eus un peu de mal à me situer dans l'espace au réveil. Pas chez moi, pas à Heraklion, Ouistreham ! Les événements de la veille me rattrapèrent à la vitesse d'un TGV, me rendant d'un coup toute ma lucidité. Un coup d'œil au réveil me rappela que j'avais cette faculté curieuse de me réveiller systématiquement cinq minutes avant la sonnerie. Une façon de se protéger d'un réveil trop brutal. Six heures moins cinq. Je me levai un peu courbaturée. L'avion puis la voiture avaient endolori mes muscles. Je me dirigeai vers la cuisine pour préparer le café comme le voulait la tradition de notre équipe. Des ronflements révélateurs venant des chambres m'indiquaient que les réveils de mes collègues n'avaient pas encore sonné. Ils ne disposaient pas de la même faculté que moi ! Il me fallut ouvrir plusieurs placards pour trouver une boîte de capsules de café destinées à la machine à espresso qui trônait sur le plan de travail. Pour une fois, les hommes pourraient se débrouiller seuls quand ils daigneraient sortir du lit !

Deux musiques distinctes et concomitantes me signalèrent qu'ils n'allaient pas tarder à apparaître. Je me précipitai dans la salle de bains. Une douche me ferait le plus grand bien.

Un quart d'heure plus tard, je réapparaissais fraîche si ce n'est pas pimpante. Joël et Fred discutaient dans la cuisine devant leur café.

— Salut Laura !

— Salut ! Bien dormi ?

— Autant que possible.

— C'est quoi le programme ?

— On descend et on fignole ça avec Renard. Dès sept heures, j'appelle Lambert pour lui demander d'intervenir. L'autre là, il ne m'inspire qu'une confiance modérée avec ses outils préhistoriques, dit Jumet.

— Ils n'ont peut-être pas de budget au CHU, remarqua Bricart. Avec tous les travaux qu'ils ont faits ces dernières années, ils doivent être dans la dèche !

— Ou alors, c'est un partisan des bonnes vieilles méthodes, dis-je. Mais je suis d'accord. Je préfère Lambert.

— Je vais voir s'il est disponible et si c'est le cas, je vais demander une dérogation au juge pour, qu'au moins, il assiste à l'autopsie.

— Avec son titre d'expert, cela devrait être possible, dis-je en recommençant une fouille des placards à la recherche de thé et de quelque chose à grignoter.

Il n'y avait rien.

— Il va falloir faire des courses si on reste quelque temps ici ! Sinon, je vais défaillir !

— Petite nature !

— Oh vous deux, avec du café vous iriez au bout du monde !

Une demi-heure plus tard, le temps pour mes collègues de tester la salle de bains, nous descendîmes au bureau.

Le planton de garde avait changé. C'était un homme d'un âge certain, à mon avis proche de la retraite. Il se leva spontanément en nous voyant entrer et nous salua d'un garde-à-vous très protocolaire.

— Repos gendarme, dit Bricart qui était le seul de la maison.

L'autre s'exécuta puis :

— Le commandant Renard vous attend dans son bureau.

Nous montâmes et fûmes accueillis par une bonne odeur de café.

— Bien dormi ?

Question rituelle à laquelle chacun répond par l'affirmative, même si ce n'est pas vraiment le cas.

— J'ai pensé à vous, me dit-il. Ma femme avait du thé. Je l'ai apporté.

— C'est trop gentil.

Posé sur la table de la salle de réunion, un plateau nous attendait avec boissons et viennoiseries emballées sous cellophane en provenance d'un supermarché. On n'était pas là pour la gastronomie et je fus contente d'avoir quelque chose à me mettre sous la dent. Mes collègues ne firent pas non plus la fine bouche.

— Par quoi on commence ? demanda Jumet qui, après un coup d'œil à sa montre, avait estimé qu'il était encore tôt pour appeler Lambert.

— Je vous propose le petit copain : Lucas Bordier. Il a dormi en cellule de garde à vue. Je suis passé le voir ce matin. Le statut de témoin assisté lui est complètement étranger. Il pense que s'il est en cellule, c'est qu'on le soupçonne. J'ai eu beau lui affirmer le contraire, il réclame un avocat.

— Vous ne lui en avez pas proposé un hier ? demanda Jumet étonné.

Avoir un avocat en garde à vue est un droit. De même que celui de voir un médecin ou de téléphoner à un proche.

— Bien sûr que si, répondit Renard vaguement agacé. Il l'a refusé. Ce matin, il le réclame à cor et à cri. Ses parents viennent à neuf heures avec le leur. D'ici là, je ne peux pas faire grand-chose.

— La copine, Julie, dis-je, elle est toujours au CHU ?

— Ouais. Il paraît qu'elle a fait des cauchemars toute la nuit. Ils l'ont mise sous sédatif. On pourra aller la voir en fin de matinée. Ses parents sont avec elle.

— Et les parents de Sarah ?

— Toujours dans le giron de ma mère. Je les ai convoqués pour dix heures. Pareil, la mère a vu un médecin hier soir. Il l'a shootée au Valium. Quant au père, il crie qu'il a des relations, que cela ne se passera pas comme ça et j'en passe.

— Parfait, dis-je. Croyez-vous que votre mère me paierait un petit déjeuner ?

Il me regarda d'abord avec des yeux ronds puis comprit :

— Oh ! Vous voulez aller les voir là-bas ?

— C'est ça. Ils sont déjà assez traumatisés comme ça. Pas la peine de leur imposer le cadre de la gendarmerie en plus.

Et puis, pensai-je *in petto*, si jamais le père a quelque chose à se reprocher, il sera moins méfiant dans un cadre non-officiel.

— Très bien. Joël et toi vous allez interroger les parents de la fille. Renard et moi, quand j'aurai eu Lambert et le juge, nous nous occuperons de Bordier. Ensuite Laura, tu iras à Caen voir la gamine. C'est plus ta partie s'il faut la prendre avec des pincettes. Pendant ce temps, les gendarmes continuent l'enquête de voisinage. Joël, des nouvelles d'Ambre ce matin ?

Ce n'était pas une question d'ordre privée, mais une autre façon de savoir si la scientifique avait déjà quelques résultats. C'était l'avantage d'avoir un homme, pardon, une femme dans la place, même si Ménard et Pasquier étaient des pros hors pair, un petit coup de fil entre époux pouvait parfois nous faire gagner de précieuses minutes.

Bricart secoua la tête en regardant son portable.

— C'est pas bon signe, dit-il. C'est qu'il n'y a rien d'évident.

Après que Renard nous eût donné l'adresse exacte de la pension de famille, Bricart et moi nous éclipsâmes.

— Donne le bonjour à Lambert, dis-je en sortant.

— Tu auras bien l'occasion de le faire toi-même ! fut la réponse de Jumet.

— Je n'en doute pas un instant !

C'était devenu la tradition dans notre groupe d'enquête. À moi les autopsies, à Bricart l'administratif, à Jumet le reste. Mes collègues n'étaient pas férus de « viande froide ». Si vraiment ils ne pouvaient y échapper, ils s'y collaient, car il faut toujours la présence d'un OPJ lors d'une autopsie. Mais depuis que nous travaillions ensemble, ce n'était pas arrivé souvent. Il faut dire qu'à mes débuts, Lambert m'avait pris sous son aile et initiée de façon radicale en me permettant d'assister à l'autopsie de mon amie Cynthia morte sous la lame du Scalpeur qui avait sévi quelques années plus tôt dans la baie du Mont-Saint-Michel[1]. Grâce à lui, j'avais appris à « écouter » les morts qui savaient mieux que quiconque nous raconter ce qui leur était arrivé. Cette fois encore, ce serait pour moi, même si je n'aimais pas particulièrement l'exercice. D'après mes collègues, ma sensibilité exacerbée permettait de trouver des réponses là où eux ne se douteraient de rien. Excuse ou vérité, je n'en savais rien, mais c'était un fait acquis.

— On y va, dit Bricart en attrapant ses clés de voiture.

À cet instant, son téléphone émit un doux gazouillis. Un message :

— C'est Ambre. De l'ADN à discriminer. Un tas d'empreintes, mais il va falloir les trier. Elle arrive pour relever celles de la famille et des amis.

— Tu pourras passer la voir après l'interrogatoire des parents, proposai-je sachant combien le couple était proche.

— Pas de problème. On verra où on en est.

— Au fait qui garde ton fils ?

— Belle-maman, bien sûr. Pour peu, elle nous enverrait enquêter à l'autre bout de la France pour être certaine de l'avoir à elle toute seule !

---

1. Voir, de la même auteure, *Scalpées dans la baie*.

— C'est l'avantage des grands-parents. Que du plaisir, peu de responsabilités éducatives.

— Ouais ! Mais elle le pourrit. Quand il revient, il est infernal !

Nous arrivions en vue de la pension. Renard nous avait expliqué qu'après la mort de son père, sa mère avait failli sombrer dans la dépression. C'est lui qui avait eu l'idée. Madame Renard aimait les gens et aussi recevoir. Pour lui c'était une évidence : il fallait qu'elle transforme sa maison en chambre d'hôtes. Après mûre réflexion, elle avait opté pour la formule « Pension de famille ». Elle estimait que le concept s'adressait à des gens plus modestes et que la maison s'y prêtait mieux. Depuis, en saison, il était rare que les chambres soient vides.

Nous passâmes devant l'église Saint-Samson au toit étonnamment moussu. Des échafaudages et des bâches témoignaient que de gros travaux de réhabilitation étaient en cours. Il était temps. Cette église, que j'avais visitée précédemment, avait besoin que l'on soit à son chevet. Datant du début du XIIe siècle et construite sous le patronage de l'abbaye-aux-Dames de Caen si chère à notre reine Mathilde, elle eut moult fonctions au cours des siècles. Église, bien sûr, mais aussi fortification porteuse de canons, ou encore phare pour guider les marins en détresse. Tout ce passé glorieux méritait quelques attentions, quel qu'en soit le coût.

Nous traversâmes la place de l'hôtel de ville où se niche aussi l'immense Grange aux Dîmes, encore un vestige des Xe et XIe siècles, temps où les paysans et les pêcheurs venaient y payer leur dîme (un dixième des récoltes) ou impôt (eh oui déjà !) à l'abbesse de la Trinité de Caen à qui appartenait la baronnie de Ouistreham.

J'ouvrais la bouche pour expliquer tout cela à Bricart quand après avoir dépassé une pharmacie, un coiffeur et un boucher, il tourna dans la rue de Colleville où se trouvait la pension de famille. Nous laissâmes à notre gauche quelques petites maisons modestes face à un parking et nous dirigeâmes vers le numéro marqué sur le GPS. D'abord étroite la rue s'élargit. Nous dépassâmes une école, un carrefour puis la rue devint plus résidentielle.

— C'est ici, décréta Bricart en se garant devant une grille métallique s'ouvrant sur un jardin superbement entretenu, bordé de haies fleuries. La maison est au bout de l'allée. On y va ?

Nous franchîmes la barrière à pied et nous retrouvâmes dans un petit paradis fleuri. Narcisses, jonquilles, tulipes se faisaient concurrence. Les rosiers sortaient leurs premières feuilles, les forsythias étaient en fleurs de même qu'un cerisier du Japon qui étalait sa magnificence avec orgueil.

— Tu crois que c'est Thierry Renard qui entretient tout ça ? demandai-je admirative.

Bricart haussa les épaules.

— J'en sais rien, mais si Mamie est veuve, il y a des chances ! Pourquoi un gendarme ne pourrait-il pas avoir la main verte ?

Nous sonnâmes ou plutôt actionnâmes une cloche à laquelle pendait une ficelle.

Une charmante dame vint nous ouvrir. Soixante-cinq ans environ, gaillarde, on sentait immédiatement qu'il ne fallait pas lui en conter !

— Madame Renard ? Laura Claes et voici Joël Bricart…

— Entrez ! Mon fils m'a prévenu. Monsieur et Madame Blondiaux sont au salon. Ils vous attendent.

****

# CHAPITRE 8

Le salon était confortable alliant canapés profonds et décoration marine. Une table en verre portait un plateau avec cafetière et quatre tasses vides. Visiblement, nous étions attendus.

Monsieur Blondiaux se leva à notre arrivée. Il avait tout du quadragénaire ayant réussi. Il le savait et ne s'en cachait pas. Son jean était de marque ainsi que sa chemise ouverte sur une fine chaîne en or. On devinait qu'il entretenait son corps. Avec son corps musclé, il fréquentait sûrement une salle de sport. Ce n'est pas en restant derrière un bureau que l'on garde cet aspect-là à la quarantaine. Il portait des lunettes dont les verres reposaient directement sur un nez fin et droit, tenus simplement par une monture ultra-fine. On distinguait parfaitement ses yeux bleu irisé, aujourd'hui rougis par le chagrin. Il avait pleuré, il n'y avait pas longtemps. Il serrait ses lèvres minces sporadiquement dans un geste destiné à retenir une douleur trop présente. Je compatis tout en restant attentive. Ce ne serait pas la première fois qu'un tueur pleure sur le sort de sa victime. Et malgré le pressentiment de Ménard, je ne devais pas oublier que dans 85 % des cas, un crime était perpétré par un proche.

Je reportai mon attention sur la mère. Elle était plutôt jolie. Blonde, les cheveux attachés en queue-de-cheval témoignaient du peu d'intérêt qu'elle avait eu ce matin pour son aspect physique. Elle n'était pas maquillée et de jolis yeux bleus en amande étaient soulignés de larges cernes mauves et gonflés. Elle portait un pantalon beige et un pull en jersey vert bouteille. Son seul bijou était une alliance en brillants qui captaient à son insu les rayons de soleil s'immisçant dans la pièce.

Je pensai, sans trop de risque de me tromper, qu'elle avait passé sa nuit à pleurer.

Nous nous présentâmes. Il y eut échange mécanique de poignées de main et chacun s'assit. Paul Blondiaux posa un bras protecteur autour des épaules de sa femme, mais celle-ci se dégagea d'un bref mouvement d'épaule. Je ne donnais pas cher de l'avenir de leur couple. D'après Thierry Renard, Marjorie Blondiaux était réticente à l'idée de la fête. Le père avait cédé. Pour elle, il était donc responsable de la mort de sa fille. Elle ne lui pardonnerait pas.

Nous présentâmes nos condoléances et commençâmes l'interrogatoire sur un ton de circonstance. Puis je demandai une photo récente de leur fille. La mère sortit son smartphone et m'en montra au moins une dizaine. Il y en avait bien plus. Sarah seule, Sarah avec ses copines, Sarah en groupe, à la montagne ou à Ouistreham en bikini sur la plage, ou encore avec ses frères qui n'étaient encore que des pré-ados.

— Vous pouvez me les transmettre ? demandai-je.

Je lui donnai mon numéro de portable, et elle s'exécuta avec regret, comme si je lui volais la trace des derniers jours heureux.

Mon téléphone émit un bip annonciateur de messages. Les photos étaient arrivées. Miracle de la technologie qui me laissait encore et toujours un peu perplexe. Tout allait si vite. On était loin des photos papier qu'il fallait faire retirer !

J'ouvris le fichier et un instant mon regard s'embua devant la jolie blonde élancée qui respirait la joie de vivre.

Je me repris :

— Nous avons besoin de mieux connaître Sarah, dis-je. Cela nous permettrait de cerner sa personnalité et tenter de savoir ce qui a pu attirer son agresseur.

— Êtes-vous en train de dire que ma fille a provoqué le salaud qui s'en est pris à elle ? s'offusqua le père.

— Je n'ai pas dit ça. Je comprends votre douleur, mais nous devons mettre toutes les chances de notre côté si vous voulez que ce type finisse en prison.

— La prison serait trop douce pour lui, murmura la mère.

Je craignis soudain que ces deux-là rêvent de vengeance personnelle.

— Ne croyez pas cela, dis-je. La justice doit être rendue par des magistrats et les peines appliquées. Et croyez-moi, les violeurs n'ont pas la vie facile en prison. Les autres savent leur faire regretter leurs actes.

Au mot violeur, que jusque-là j'avais intentionnellement évité, la mère fondit en larmes.

— Parlez-moi d'elle, insistai-je.

— Il n'y a rien de très particulier à dire, répondit le père en haussant les épaules. Elle aurait eu dix-huit ans hier. Elle était jeune, jolie et sexy. Comme toutes les filles de son âge, elle aimait plaire. Le regard des hommes la flattait, mais à ma connaissance, elle ne les provoquait pas. Elle s'habillait « normalement ». Bien sûr, elle avait des jupes, parfois courtes, mais jamais provocantes. Ses décolletés n'étaient pas non plus d'une profondeur abyssale. Je suppose que vous avez fouillé dans ses affaires. Vous avez dû vous en rendre compte.

Je réalisai que je n'avais pas vu de valise. La scientifique l'avait-elle embarquée ? C'était un point à éclaircir.

— Et sa personnalité ? demanda Bricart.

La mère répondit entre deux sanglots.

— Elle était volontaire. Elle avait eu son bac à dix-sept ans et était en fac d'anglais depuis septembre.

Une tête bien pleine dans un corps agréable.

— Vous aurait-elle parlé d'un étudiant qui la harcelait ?

— Non. J'avais l'impression qu'elle faisait partie d'une bande très saine. Les études, le sport aussi et bien sûr quelques sorties. Mais elle n'avait pas encore son permis. Mon mari ou moi allions toujours la conduire et la rechercher aux soirées où elle allait. Pas question qu'elle rentre avec un gamin inexpérimenté qui aurait pu boire un coup de trop !

— Quel genre de soirées ?

— Souvent chez l'un ou l'autre. Rarement en boîte. En réalité, ce n'est arrivé qu'une fois depuis la rentrée.

— Récemment ?

Elle réfléchit.

— Je ne sais plus trop. Si. C'était juste après la rentrée. Une histoire de bizut. Je n'ai pas aimé et je lui ai dit.

— Cela remonte donc à plus de six mois ?

— À peu près.

Un peu loin dans le temps pour un violeur potentiel qui l'aurait repérée ce jour-là. Il n'aurait pas attendu si longtemps. Les violeurs agissent sur une pulsion, pas six mois après.

— Comment avait-elle organisé son anniversaire ?

La mère se déchaîna :

— C'est mon mari qui a voulu !

Elle expliqua ses réticences, son refus et puis l'insistance de Sarah et le soutien du père qui semblait se racrapoter dans son fauteuil au fur et à mesure que sa femme parlait. S'il était innocent, sa vie ne serait pas assez longue pour regretter sa décision.

— Je ne pensais pas… dit-il avec difficulté.

— Tu ne penses jamais ! Qu'à ton travail !

Il se rebiffa :

— C'est moi qui fais vivre la famille ! Je voulais juste lui faire plaisir. Elle travaillait bien, était sérieuse, je ne pouvais pas imaginer…

Bricart tenta une diversion.

— Il nous faudra la liste des invités à la fête.

— Bien sûr.

— Aucun ne s'est présenté hier ? demanda-t-il.

— Bien sûr que non, répondit la mère. Quand Julie et Lucas sont arrivés et qu'ils ont trouvé le… Sarah, ils ont prévenu les gendarmes en premier, puis Lucas a envoyé un message sur WhatsApp ou Snapchat, je ne sais plus pour dire aux autres de rester à Paris. Ils ne devaient arriver que dans l'après-midi. Ceux qui étaient déjà partis ont fait demi-tour, les autres sont restés chez eux. Ils ont bien fait, n'est-ce pas ? Où auraient-ils pu loger, ici ?

— Ils ont bien fait, la rassurai-je.

Il faudrait quand même qu'une équipe de la PJ aille interroger tout ce beau monde et répertorie leurs faits et gestes depuis quarante-huit heures. Paris n'était qu'à trois heures de route. Le violeur pouvait très bien avoir fait l'aller-retour dans la nuit. On pouvait imaginer un petit copain voulant profiter de la nuit où la jeune fille serait seule, qui se fait éconduire et qui pète un câble. À ce stade tout était possible.

— Avait-elle un petit copain attitré ?

— Elle a eu. Mais ils ont rompu il y a trois mois.

— Pourquoi ?

— Il voulait… coucher et elle ne voulait pas. Elle disait qu'elle n'était pas prête pour cela.

Le père bondit sur ses pieds :

— Tu ne m'avais pas dit ça !

J'intervins :

— Monsieur Blondiaux, il y a des choses qu'une fille confie à sa mère, mais pas à son père. De toute évidence, vous l'auriez mal pris. Elle le savait.

Il serra les poings. Monsieur Blondiaux serait-il un sanguin ?

Je continuai :

— Il me faut le nom de ce garçon.

— Ronan Barrel.

— Était-il invité ?

— Pas à ma connaissance. Mais ils se voyaient à la fac.

— Très bien. Une équipe de la Scientifique va venir prendre vos empreintes et votre ADN.

— Mais… pâlit Paul Blondiaux. Pourquoi ?

— Pour discriminer les traces trouvées à votre domicile.

— Je… Je vais poser la question à mon avocat.

Bricart le regarda longuement. Ses yeux reflétaient l'agacement voire le soupçon :

— Vous pouvez. Vous pouvez accepter pour gagner du temps dans l'enquête, vous pouvez aussi refuser et attendre une commission rogatoire qui viendra du juge. Auriez-vous quelque chose à cacher, monsieur Blondiaux ?

Marjorie Blondiaux se leva brutalement et regarda son mari avec horreur :

— Pourquoi tu ne veux pas ? Il s'agit de notre fille !

Puis devenant blême tout à coup :

— Ne me dis pas que tu as quelque chose à voir là-dedans ?

— Je te jure que non !

Il avait presque crié. S'il n'avait rien à voir avec la mort de sa fille, il avait sûrement quelque chose à se reprocher.

Marjorie se redressa comme un coq prêt au combat. Elle toisait son mari avec un regard qui ne laissait pas de doute sur ses intentions s'il ne répondait pas favorablement à notre demande. Puis elle jeta :

— T'étais où quand je suis rentrée de Ouistreham ? Tu n'es revenu qu'au milieu de la nuit !

C'était règlement de comptes à Ouistreham Corral ! Intéressant. Papa aimait-il trop sa petite fille chérie ?

— Pas ici, je te jure.

— Où ? hurla-t-elle.

— Chez… Josy.

— Ta pute de secrétaire !

— Ce n'est pas le problème de la police, dit-il. On va régler ça tous les deux.

Il n'était pas question de les laisser seuls face à face.

Bricart entraîna Paul Blondiaux dans la cuisine pendant que j'essayais de calmer la mère éplorée et épouse trompée. Cela faisait beaucoup en vingt-quatre heures pour une seule femme. Si solide soit-elle.

****

# CHAPITRE 9

J'avais fait appeler un médecin. Il arriva un quart d'heure plus tard et injecta à la malheureuse une dose de bromazepam. Elle s'apaisa assez vite. Recroquevillée sur le canapé, elle dit :

— Écoutez, nos problèmes de couple sont une chose qui n'est pas nouvelle. Mais… Je ne crois pas que Paul ait pu faire du mal à notre fille. Ce n'est pas son genre.

— J'en suis convaincue, madame Blondiaux. Je ne demande qu'à vous croire. Mais nous allons quand même effectuer quelques vérifications. Cela peut paraître inhumain, mais cela fait partie de notre travail. Nous devons explorer toutes les pistes. Et dans ce genre d'affaires, l'inceste est une possibilité non négligeable. De votre aveu même, il n'était pas à la maison lors du meurtre de votre fille. Nous devons vérifier son alibi. Si les événements n'étaient pas aussi dramatiques, je parlerais de routine.

C'en était d'ailleurs, mais le mot semblait inadapté par rapport à la dimension du chaos.

— Quand est-ce que nous pourrons voir notre fille ?

La tournure de sa phrase était intéressante. Elle parlait pour le couple affirmant de façon inconsciente qu'elle croyait totalement en l'innocence de son mari.

— Je pense que l'autopsie aura lieu en fin de journée, au plus tard demain. Ensuite, vous pourrez la voir. Mais je vous le déconseille. Il vaut toujours mieux garder l'image de la personne que l'on aime lors de bons moments que l'on a partagés.

Elle secoua la tête :

— Je dois la voir. Je dois être certaine…

— Que c'est bien elle ?

— C'est ça.

— Elle a été formellement identifiée par les jeunes qui l'ont découverte. Des analyses poussées sont également en cours. Mais si c'est nécessaire pour faire votre deuil, ce sera possible.

Cela sembla la rasséréner. S'occuper de Sarah, même morte était mieux que le vide sidéral laissé par son absence.

— Quand ?

— Au moins quarante-huit heures.

— Et pour l'enterrement ?

— Il faudra attendre le feu vert du juge. Parfois, il faut des analyses complémentaires qui prennent du temps.

— Mais je peux l'organiser ?

— Bien sûr. Je ne peux pas vous dire quand on vous rendra votre fille, ni vous donner de date à ce jour.

— D'accord.

Elle se perdit dans ses pensées.

— Mes parents sont enterrés ici, dit-elle. Au cimetière de Ouistreham. Vous savez, c'est comique, dit-elle à ma grande surprise.

— Ah ?

Je ne voyais pas…

Elle enchaîna, m'évitant de chercher une réponse.

— Le cimetière se trouve avenue de la Liberté. Comme si la mort était une délivrance.

— Parfois, cela peut en être une, dis-je en songeant aux derniers moments de Sarah.

À Ouistreham, le nom devait plutôt être lié à la mémoire du 6 juin 1944 et du Débarquement. Mais cela, elle n'était pas en mesure de l'entendre au moment présent. Elle continua :

— Je vais demander à ce qu'elle soit près d'eux. Au moins, elle aura quelqu'un pour veiller sur elle là-haut.

À chacun ses croyances. Elle trouvait du réconfort à cette idée et ce n'est pas moi qui allais lui briser ses rêves, même si je n'y croyais pas vraiment.

— Où sont vos fils ?

— Chez ma belle-mère. Je ne leur ai pas encore dit. Je ne sais pas comment leur annoncer qu'ils ne reverront plus leur sœur.

Elle eut un sourire contrit :

— Ils se chamaillaient souvent, mais au fond, ils s'adoraient !

— Juste une question. Vos fils utilisent-ils un parfum, disons bon marché ?

— Bien sûr que non ! Que de la marque. Pourquoi ?

Je fis celle qui n'avait pas entendu et enchaînai :

— Quelqu'un peut venir vous tenir compagnie ?

— Pourquoi ? Paul est là.

— Je crois qu'il va venir avec nous pour les prochaines quarante-huit heures. Juste le temps de faire les vérifications nécessaires. Après il reviendra. Mais ce serait bien que vous ne restiez pas seule.

— Je ne sais pas. Mon amie peut-être.

— Je peux l'appeler.

— Si vous voulez, me dit-elle en tendant son téléphone. C'est Nadège. Moi, je n'ai plus de force.

Elle se tut et le médicament faisant effet, elle finit par s'endormir, serrant un coussin entre ses bras comme elle aurait serré son enfant.

Je sortis du salon et depuis le couloir entendit des éclats de voix venant de la cuisine. Paul Blondiaux était rétif aux questions.

Je pris le temps d'appeler la copine Nadège qui était déjà au courant des événements. Son propre fils faisait partie des invités à la fête. Les réseaux sociaux avaient fait le reste. Elle avait essayé de joindre Marjorie qui jusqu'alors avait refusé toute aide.

— Je serai là dans l'après-midi, dit-elle quand je lui eus expliqué, sans donner de détail, que son amie allait se retrouver seule pour quarante-huit heures.

Je lui communiquai l'adresse et allai prévenir madame Renard de la situation.

— Pas de problème. J'ai de la place. D'ailleurs, je n'avais pris personne pour le week-end de Pâques. C'est réservé à la famille.

Pour cette année, c'était raté !

Je rejoignis Bricart et Blondiaux dans la cuisine.

— Comment va ma femme ? fut la seule préoccupation de Paul Blondiaux dès qu'il me vit.

— Aussi bien que possible. Elle s'est endormie.

Il sembla soulagé.

Encore un qui devait tenir à sa famille, mais que ses hormones chatouillaient au point d'aller voir ailleurs quitte à s'en mordre les doigts quand le scandale éclatait.

— Où en est-on ? demandai-je.

— Monsieur Blondiaux est outré que l'on puisse imaginer un instant qu'il ait pu faire du mal à sa fille, répondit Bricart clairement agacé.

Pour lui, image même de la droiture, tromper sa femme était inconcevable. Rien que ça devait suffire à l'énerver !

Il reprit :

— Je lui ai expliqué que chaque piste devait être explorée et que pour l'instant, tant que nous n'avons pas la preuve formelle du lieu où il se trouvait la nuit du meurtre, il devait rester en notre compagnie.

— Vous avez un smartphone ou un iPad ? demandai-je.

Il haussa les épaules.

— Bien entendu. Même deux. Le pro et le privé.

— Dans ce cas, il doit posséder une fonction de géolocalisation. L'opérateur n'aura pas de problème à situer votre position au moment critique. Pouvez-vous me les remettre ?

Il sortit de la poche de son jean le dernier Samsung et indiqua :

— L'iPad est dans la chambre. C'est le pro. Celui-ci, c'est le privé.

— Nous y trouverons bien entendu le numéro de la fameuse Josy ?

— Oui, enfin non.

Je haussai les sourcils.

— Elle est dans le pro, mais pas sous son nom. Parfois ma femme se sert de mes téléphones et je ne voulais pas…

— Vous faire gauler, compléta Bricart.

— Si vous le prenez comme ça ! Moi j'aurais dit : ne pas lui faire de peine…

Louable intention !

— Sous quel nom alors ?

— J. Industries.

— Très bien. Il va falloir nous suivre à la gendarmerie, dit Bricart. Le temps que nous vérifiions tout cela.

— Mais…

— Considérez que vous êtes en garde à vue depuis…

Il regarda sa montre :

— Neuf heures quarante-cinq ce jour.

— Vous allez me mettre en taule ? pâlit Paul Blondiaux.

— On va commencer par les bureaux, dis-je pour ne pas l'effrayer plus que nécessaire avec le risque de le voir se braquer.

Ses épaules s'affaissèrent.

— Je peux aller dire au revoir à ma femme ?

— Inutile de la déranger. Comme je vous l'ai dit, elle dort.

— Mais elle va paniquer si je ne suis plus là.

— Madame Renard veille sur elle et son amie Nadège a pris la route. Par contre, allez chercher une veste et l'iPad bien sûr. Tant qu'à faire si vous avez un ordinateur, prenez-le aussi. Mon collègue va vous accompagner.

Pas question qu'il efface d'éventuelles preuves. Nous ne pouvions plus le quitter des yeux.

Bricart se leva.

— Allez, on y va.

*

Chayam avait quitté l'Afghanistan deux ans plus tôt avec une idée précise en tête, rejoindre la sœur de son père en Angleterre. Il était passé par l'Iran, la Turquie, la Bulgarie, la Roumanie, l'Autriche, l'Allemagne et enfin la France, porte ouverte, du moins il se l'imaginait, vers le pays de ses rêves. Très vite, ses maigres économies avaient fondu comme les neiges de l'Hindou Kouch en été. Il vivait d'expédients. Quand c'était la saison, il donnait des coups de main dans les fermes contre le gîte et le couvert, parfois pour quelques pièces qui lui permettaient de poursuivre sa route. Il lui était arrivé d'atterrir dans des camps où, pour quelque temps, il reposait ses jambes fatiguées et son corps affamé, grâce à l'aide internationale. Mais ceux-là voulaient des papiers qu'il n'avait aucune envie de donner. Pas question d'être renvoyé au pays. Chaque fois, quand il avait repris des forces, il s'évadait pour poursuivre son but. Parfois, il chapardait dans les marchés. Une fois, il avait failli se faire lyncher. Il avait échappé aux bandits, aux policiers, aux douaniers en faisant preuve de plus de ruse que le renard des montagnes que les ONG appelaient renard de Blanford. Il avait fini à Calais, dans ce que les autres appelaient avec raison « La Jungle ». C'en était une. Bandes rivales, rackets, vols, tout était bon pour tenter d'y survivre. Lui qui était plutôt pacifiste s'était fait dépouiller en moins de temps qu'il fallait pour le dire. C'est alors qu'il avait entendu parler de Ouistreham. Un nom bizarre. Mais il y en avait de bien plus étranges. Un port d'où partaient des ferries pour l'Angleterre. Un port bien moins protégé que celui de Calais devenu quasiment inaccessible. 350 km, une broutille après ce qu'il avait traversé. C'est ainsi qu'un soir, il était arrivé aux portes de la ville. Mais il n'était pas le premier, loin de là. Il avait été accueilli plutôt froidement par des Africains, majoritaires dans cette ville parmi les candidats au départ. Chacun défendait âprement sa place. Il s'était fait virer plus d'une fois. Il avait fini dans un bois pas encore trop squatté. Et ce matin, il avait fait une découverte miraculeuse. Lui, qui se caillait la nuit, avait trouvé, jetés dans un fossé des draps, mais surtout une couette bien chaude. Un vrai trésor. Il n'en revenait pas de sa chance. Il l'avait enfermée dans une bâche et enterrée pas loin de son abri de fortune. Cette nuit, il aurait chaud. Un peu plus loin, il y avait aussi une valise. Mais ce n'étaient que des vêtements de fille. Il avait fantasmé un moment en tenant les sous-vêtements dans ses mains calleuses. Il rêvait d'une fille ! Cela faisait si longtemps ! La dernière, c'était en Allemagne. Une bénévole pas farouche. Mais après, elle avait crié au viol et il n'avait dû son salut qu'à une course effrénée. Sinon, il y avait les chèvres, comme au pays parce que les filles doivent rester vierges et que les garçons ont des besoins impérieux qu'ils ne peuvent satisfaire. D'autres faisaient ça entre hommes, mais ce n'était pas son truc. Rien ne valait une fille et ces sous-vêtements le faisaient rêver. Il en garda deux, jeta le reste dans le sous-bois. Il garda aussi la valise. Ça remplacerait les deux sacs poubelles qu'il se trimballait. Ce soir, sous la couette chaude, il s'offrirait un petit plaisir avec la petite culotte en soie. On pouvait rêver !

****

# CHAPITRE 10

Quand nous arrivâmes à la gendarmerie, Blondiaux fut pris en charge par un homme de Renard. Il le mena d'abord dans un bureau où il dut décliner son identité et où l'on prit ses empreintes et son ADN. Ensuite, il fut conduit en cellule de garde à vue en attendant la vérification de ses appareils et un interrogatoire plus poussé.

— Où en est-on ? demandai-je à Jumet quand nous nous retrouvâmes en salle de réunion.

J'aperçus, jeté sur la table, le *Ouest-France Dimanche* qui en une faisait état de l'agression de Sarah.

Une photo de la villa illustrait l'article intitulé : « L'insécurité monte à Ouistreham ». En dix lignes, le journaliste parlait du viol et du meurtre de la jeune fille, stipulant que l'enquête était en cours et qu'il tiendrait ses lecteurs au courant des évolutions au fur et à mesure de la progression des investigations.

— Ils n'ont pas traîné, dis-je. Quelqu'un a parlé à la presse ?

— Pas officiellement, en tout cas. Mais c'est une petite ville. Et puis avec les voitures et les allers-retours dans la rue hier, l'info a dû se divulguer à toute vitesse.

Il suffit d'un coup de fil d'un voisin au journal et voilà le résultat, dit Jumet. Mais revenons-en à l'essentiel. J'ai eu le juge. Il s'est fait un peu tirer les oreilles pour désigner Lambert. Mais c'est bon. Il va devoir faire preuve de diplomatie avec Chauvin qui risque d'apprécier modérément. En raison de la rigidité cadavérique, l'autopsie interne n'aura lieu que demain matin. Ou alors c'est parce qu'on est dimanche… Par contre, Lambert fera tous les prélèvements externes cet après-midi. Il est sur la route. J'ai prévenu que tu serais l'OPJ de service. C'est bizarre, il n'a pas semblé étonné, dit-il avec un clin d'œil complice. Tu es attendue à quatorze heures. Du coup comme c'est au CHU, tu pourras combiner avec l'interrogatoire de Julie Pelissier.

— J'irai avant l'autopsie.

— Comme tu veux. Ambre doit y être pour les empreintes. Elle arrive d'ici maximum une heure. Je lui ai dit de passer chez madame Renard. Je ne savais pas encore que vous alliez ramener le père. Elle prendra les empreintes de la mère puis elle viendra ici.

— Il faut appeler tes collègues à Paris, dis-je. Dès qu'on aura eu la liste des invités. Pareil, emploi du temps, empreintes, ADN…

— Ça va couiner chez les bourgeois, ronchonna Jumet. Ils vont argumenter que leur rejeton est traumatisé, que c'est pas légal et tout le toutim.

— S'ils n'ont rien à se reprocher, ils n'ont rien à craindre !

— C'est un argument pour gens sensés. Tu verras qu'il y en a qui vont faire obstruction. Mais ne t'inquiète pas. À Paris aussi, il y a des procs, des juges et des commissions rogatoires. À un moment ou l'autre, on aura tout ce qu'il faut.

— Madame Blondiaux a aussi parlé d'un ex-petit copain.

— Ah ! C'est peut-être intéressant.

— Ronan Barrel. 18e, Paris. Attends, j'ai l'adresse exacte, dis-je en sortant mes notes. Rue Yvonne-Le-Tac. En face d'un collège.

— Je lui envoie du monde.

Thierry Renard entra :

— L'avocat de Bordier ne sera là que dans l'après-midi. Ses parents ont fait appel à leur avocat habituel qui arrive de Paris. Un dimanche, je ne te dis pas ce que ça va leur coûter ! Si le môme n'a rien à se reprocher… Les gens sont obsédés aujourd'hui. Toujours à la recherche de la faute. Ils regardent trop de séries américaines !

— Disons que c'est leur manière de faire qui arrive en France. Tout doit être archi-rigoureux, sinon, c'est le procès et la demande de dommages et intérêts…, insinua Bricart, décidément ronchon ce matin.

— Une façon comme une autre de chercher à récupérer du fric.

— Peut-être. Donc, pas d'interrogatoire pour le moment ?

— Pour cause.

— Dans ce cas, je vais partir au CHU. J'aurai plus de temps.

— OK, dit Jumet.

À cet instant précis, le gendarme Perriers qui m'avait convoyée à mon arrivée arriva presque en courant dans la salle de réunion. Ses joues rouges et ses yeux brillants témoignaient d'une grande excitation.

Devant notre groupe réuni, il se figea au garde-à-vous.

— Il y a du nouveau, haleta-t-il.

— Parlez gendarme, ordonna Renard en se levant.

C'était marrant cette façon de vouvoyer ses subalternes alors qu'avec nous le tutoiement était de mise.

— On a trouvé des vêtements féminins au bois du Caprice.

— Expliquez-vous, ordonna Renard.

— Un gars qui faisait du footing a trouvé des vêtements féminins à l'orée du bois. Comme il avait lu le journal avant de partir, il a fait le rapprochement et il nous a appelés. Une patrouille s'est rendue sur place. Il y a effectivement des vêtements éparpillés. Ils ont gelé la scène et ont appelé par radio pour vous prévenir.

— On y va, décréta Jumet. C'est grand ce bois ?

— Quand même. Plus ou moins soixante-dix hectares. Avec des mares forestières. Il y a des chemins pour s'y promener. C'est facilement accessible, par contre, c'est humide, parfois même boueux.

— On s'équipe et on y va, répéta Jumet. Rendez-vous en bas dans cinq minutes.

Nous passâmes à l'appartement récupérer les bottes en caoutchouc qui ne quittaient jamais nos sacs et rejoignîmes Renard et quatre autres gendarmes sur le parking.

Il nous fallut moins de cinq minutes pour arriver au parking du Petit Bonheur à côté du stade portant le même nom, situé non loin de la caserne des pompiers.

Pas vraiment le bonheur pour Sarah Blondiaux, pensai-je amère.

Alors que nous sortions, Renard expliqua :

— Le bois est à cheval sur trois communes : Colleville-Montgomery, Ouistreham et Saint-Aubin d'Arquenay. J'ai fait prévenir les maires. On ne sait pas ce qu'on va trouver.

— Peu importe, dit Jumet. C'est notre équipe qui est responsable de l'enquête où qu'elle se déroule.

— Je sais, mais par courtoisie…

— Vous avez bien fait, dis-je pour atténuer la phrase sèche de mon collègue.

— On va peut-être avoir besoin de renfort, estima Renard. On ne va pas, avec une dizaine d'hommes, fouiller le bois de fond en comble dans la journée. Trop de surface.

— Avant de prendre une décision, allons voir ces vêtements, proposa Bricart.

— Pas de problème. Suivez-moi.

Nous franchîmes une barrière menant à un chemin de terre qui longeait l'orée du bois.

— Appelle Ambre, demandai-je à Bricart, et demande lui s'ils ont trouvé la valise de la gamine au domicile.

Il s'exécuta tout en avançant. La réponse était négative. Le tueur l'avait donc emportée. Que pouvait faire un violeur avec une valise de vêtements de jeune fille ?

Nous n'eûmes pas besoin d'aller bien loin. À une centaine de mètres se tenaient les deux gendarmes de patrouille et le joggeur qui n'avait pas l'air d'avoir chaud.

Nous le saluâmes et lui demandâmes de raconter sa découverte.

Il soupira. J'imaginai sans mal qu'il avait déjà dit tout ce qu'il savait aux deux sous-officiers.

— Il n'y a rien d'extraordinaire, dit-il. Je fais mon jogging tous les dimanches matin. Aujourd'hui, comme d'habitude, j'ai lu le journal avant de partir et j'ai su pour la gamine. Quand j'ai commencé mon tour, je suis directement tombé sur ce tas de vêtements.

Il désigna des tenues éparpillées dans le fossé. Il enchaîna :

— J'ai regardé de plus près et j'ai vu que c'étaient des tenues de jeune fille. Jupe, petit top, chaussures à hauts talons et j'en passe. Il y a aussi des bijoux, de fantaisie, je pense. Avec ce qui s'est passé, j'ai cru bon de vous prévenir.

Il semblait déjà le regretter. Cela faisait un moment qu'il poireautait et sans doute craignait-il maintenant d'avoir des ennuis.

Nous le remerciâmes. Perriers prit son identité et il fut prié de passer à la gendarmerie dans la journée pour signer sa déposition. Pendant ce temps, je m'intéressai avec mes collègues aux différentes pièces jetées. Bien qu'humides, on devinait des vêtements récents et de bonne qualité. Il y avait effectivement des fanfreluches et des chaussures vernies.

— Vous ne remarquez rien ? demandai-je à mes collègues.

— Vas-y. Dis ce que tu as à dire.

— Il n'y a pas de sous-vêtements. Pas de soutiens-gorge, peut-être qu'elle n'en portait pas. Mais pas non plus de petites culottes. Aucune fille ne partirait en week-end sans petites culottes de rechange !

— Tu as raison ! C'est étrange. Tu crois que le violeur aurait pu les emporter ?

— Comme trophées, oui, ce n'est pas impossible.

— Et le nœud rose alors ?

— Peut-être que cela ne lui suffisait pas, ou qu'il a changé d'avis.

— J'appelle Ménard, décida Jumet. Il doit venir ramasser tout cela et faire des analyses.

Il s'exécuta. Pendant qu'il parlait, il me sembla saisir un mouvement furtif dans le bois. Je me fis plus attentive. Un animal ? Ou peut-être un gendarme parti plus loin en exploration ?

Je décidai d'aller y voir de plus près.

Comme je m'engageai sous la futaie, Renard m'interpella :

— N'y va pas seule ! Depuis l'été dernier, nous avons un afflux de migrants. Certains squattent ces bois. Une femme seule, cela pourrait être dangereux. En général, ils ne sont pas méchants, mais ce sont des hommes privés de tout, alors…

Instinctivement, ma main se porta sous mon blouson où mon fidèle Glock dormait dans son holster. Mais comme il vaut mieux prévenir que guérir…

— Très bien, accompagne-moi. La vue d'un gendarme devrait suffire à les tenir à distance. Bricart qui avait suivi la conversation nous emboîta le pas. Jumet fit signe qu'il arrivait.

Nous sautâmes le fossé et nous retrouvâmes sous les chênes pédonculés et les frênes qui depuis cinquante ans avaient été plantés par l'homme dixit Renard.

— Avant les bêtes venaient pâturer ici en période sèche, mais c'est en majorité un sol humide, limite marécageux. C'est pour cela qu'ils ont planté ces espèces. Elles adorent l'eau.

Je le laissai babiller comme si de rien n'était, mais tous mes sens étaient en éveil. Sur notre droite, un autre mouvement. Il me sembla apercevoir une silhouette qui se faufilait entre les troncs. Je posai un doigt sur mes lèvres, tout en désignant la direction où j'avais perçu le mouvement. Les hommes se tinrent aux aguets.

— J'arrive, cria Jumet depuis l'orée.

Ce mot provoqua une réaction en chaîne :

La silhouette se décolla du tronc derrière laquelle elle était planquée. L'homme, de taille moyenne autant que je puisse en juger, détala à toute vitesse. Renard et Bricart, bien plus entraînés que moi, démarrèrent en sprint, sautant les branchages au sol et les souches, évitant les branches basses. Je leur emboîtai le pas tandis que Jumet arrivait, conscient qu'il se passait quelque chose.

— Par là, dis-je en courant moi aussi.

Il me laissa sur place et entreprit un mouvement tournant à droite avec l'idée avouée de bloquer le passage au fugitif. Mais l'homme avait du flair. Il pivota à gauche. Ma position en retrait me permit de deviner ses intentions. J'en fis autant. Il me jeta un coup d'œil, mais dut m'estimer moins dangereuse que les hommes. Alors, je puisai dans toutes mes ressources. Ma course était celle de la dernière chance. Je savais que je ne tiendrais pas longtemps. Ou j'arrivais à l'arrêter ou il s'évaporerait dans la forêt et nous ne le reverrions sans doute jamais. La chance vint à mon secours. En surveillant ses arrières, il se prit les pieds dans un entrelacs de branchages récemment coupés. Il s'étala avec un juron et tenta de se relever. Les quelques secondes qu'il passa au sol me donnèrent l'avantage. Je lui sautai sur le dos dans le plus académique plaquage façon rugby. Il se tortilla comme un ver, tentant de se retourner. Je n'arrivais pas à lui attraper les bras, il s'appuyait dessus avec force et ruait pour essayer de me dégager. Ce court temps de lutte permit à mes collègues d'arriver. Jumet me saisit le bras, me tira en arrière et colla son genou dans les reins du bonhomme, en lui immobilisant les bras dans le dos. Trente secondes plus tard, Renard lui passait les menottes.

Le suspect était capturé.

****

# CHAPITRE 11

L'homme était un migrant de toute évidence. Pas un Africain. Un Syrien ou un Afghan.

— Eh, c'est qu'il court vite ! fit Renard essoufflé.

— Ton nom ? aboya Jumet furieux d'avoir été feinté pendant la poursuite.

— …

Il regardait obstinément par terre. Ses cheveux noirs de jais étaient courts, taillés de façon irrégulière, sans doute par un autre migrant ou par lui-même. Ses yeux d'un noir profond reflétaient une peur panique.

L'homme fut amené près du fourgon où Renard lui fit passer une fouille en règle.

— On te tient, bonhomme ! dit-il en sortant triomphalement deux petites culottes en dentelle de la poche du suspect.

— Pas à moi ! Pas à moi ! cria-t-il en se tortillant comme un ver.

— On se doute bien que ce n'est pas à toi ! dit Jumet encore sous le coup de la colère. Où les as-tu prises ?

— Pas à moi !

— D'où ça vient ?

L'homme fit mine de réfléchir. Ou il cherchait ses mots ou il ne comprenait pas ce qu'on lui voulait. C'était pourtant explicite. Même sans parler la langue, il devait comprendre.

— Là, dit-il en désignant le bois du menton.

— Conduis-nous.

Il ne bougea pas.

— Allez, ça suffit ! Tu nous montres ou on t'embarque de suite.

Il s'ébranla sur le petit chemin forestier, entouré de mes deux collègues très remontés. Je leur emboîtai le pas alors qu'Ambre se garait à côté des véhicules de gendarmerie.

— Salut ! Ménard m'envoie. Il paraît qu'il y a du neuf et comme j'étais sur place…

Je résumai la situation et montrai nos découvertes : les vêtements éparpillés et les deux petites culottes.

— Il y a de bonnes chances que cela appartienne à la victime, fit-elle.

— Là-dessus on est d'accord. Reste à savoir si cet individu est le coupable, dis-je.

— Tu as des doutes ?

— *A priori*, tout le désigne, mais… je ne le sens pas. Trop simple. Mais on n'est qu'au début. L'enquête et les analyses parleront.

Je la laissai récolter les vêtements éparpillés et rattrapai le groupe qui s'enfonçait dans le bois. Au bout de cinq minutes, le migrant bifurqua dans le sous-bois quittant les sentiers battus. Cinq minutes de plus, il s'arrêtait devant un abri fait de branches d'arbres sur lesquelles était tendue une bâche bleue, frêle abri contre la pluie. Curieusement, ce campement de fortune était rangé presque avec soin. Contrairement à la majorité des migrants qui abandonnaient leurs déchets à même le sol sans égard pour la nature, ici ne traînaient aucun papier, ni restes de nourriture.

— Là, dit Jumet en désignant une valise vert pâle.

À la poignée étaient accrochées une étiquette et une chaînette dorée. Renard lut à haute voix : Sarah Blondiaux.

— C'est bien la sienne ! Qu'est-ce que tu as fait à Mlle Blondiaux ? jeta-t-il à la face de l'homme qui sembla s'enfoncer dans le sol.

— Pas à moi.

— Ça, on le sait déjà !

Je m'équipai de gants, toujours à disposition dans une de mes poches, et ouvris la valise. Elle contenait quelques maigres provisions, un jean usé et deux gros pulls.

— Les vêtements, c'est à toi ? demandais-je d'une voix douce.

Si on voulait en sortir quelque chose, il fallait le mettre en confiance.

Il me regarda longtemps, comme s'il me jaugeait.

— Les affaires, oui. La valise, trouvée dans le bois.

— Miracle ! Il parle, fit Jumet.

Du regard, je lui intimai de se taire. Le lien était ténu. Pas question de le briser.

— Tu as trouvé autre chose ? demandai-je.

Il secoua la tête, mais son regard le trahit. Irrésistiblement, ses yeux se portaient un peu à gauche de l'abri. Je me dirigeai dans ce sens et il s'agita.

Je remarquai un tas de feuilles qui avait été tassé récemment. Du bout du pied, je les écartai. La terre était fraîchement remuée.

— Qu'est-ce qu'il y a là-dessous ?

— …

Renard appela un de ses hommes par radio et lui intima de venir avec une pelle. Dix minutes plus tard, deux gendarmes apparaissaient en compagnie d'Ambre qui avait fini sa récolte.

Sous le regard attentif de la jeune femme, les gendarmes creusèrent délicatement le sol meuble. Très vite, apparut un bout de bâche. Ambre arrêta les hommes et se mit à genoux. Elle termina à la main. Pas question de risquer d'abîmer la moindre preuve. Libéré de la terre, le colis reprenait du volume à vue d'œil. De toute évidence, il avait été tassé pour être enterré en prenant le moins de place possible. Je jetai un regard au prisonnier. Il semblait plus triste que coupable. Quoi qu'il y ait là-dessous, il savait qu'on allait lui confisquer. Or il avait l'air d'y tenir beaucoup. Trophée ou nécessité ? Si mon instinct était juste et qu'il s'agissait de la literie, on allait lui confisquer un trésor. Les nuits sont fraîches sous nos cieux en avril et si couette il y avait, quand il l'avait prise ou trouvée, cela restait à démontrer, alors il avait dû avoir l'impression de gagner au loto. J'en voulais pour preuve le soin qu'il avait mis à planquer son butin, loin du regard d'éventuels autres migrants.

— C'est la literie, annonça Ambre. Draps et couette.

*

Le retour à la gendarmerie se fit dans un silence satisfait. Les hommes étaient persuadés d'avoir mis la main sur le coupable. Le procureur allait être content.

Une affaire résolue en vingt-quatre heures, un record d'efficacité. Bien sûr, il fallait confirmer à l'aide de la scientifique, mais l'humeur avait un parfum de victoire. Humeur que je ne partageais pas.

Le migrant, qui s'était vu stipuler sa garde à vue, fut emmené dans une cellule du sous-sol. Une réunion s'improvisa dans le bureau de Renard.

— On lui laisse un quart d'heure et on attaque, dit le commandant. Je me fais fort d'obtenir rapidement des aveux. Toutes les preuves sont contre lui.

— Pas si sûr, dis-je.

Il me regarda comme si je tombais de la lune, alors que Jumet me scrutait du regard. Bricart, qui avait sans doute parlé avec Ambre, attendait simplement que je m'exprime.

— Comment ça ? fit Renard vaguement énervé. Il avait la valise, les vêtements, des sous-vêtements dans sa poche et la literie. Qu'est-ce qu'il te faut de plus ?

— Rien ne prouve qu'il a pris ces différents objets chez Sarah Blondiaux.

— Mais qu'est-ce qu'il te faut ? Des aveux ? On va les obtenir.

— Je ne voudrais pas jouer les rabat-joie, mais les vêtements il a pu les trouver n'importe où, comme la literie et la valise. Imagine un instant : tu viens de violer et de tuer une jeune femme, du genre à faire fantasmer un homme en manque de femme. Quel meilleur plan pour détourner les soupçons que d'aller déposer les affaires à un endroit où il est certain qu'elles seront trouvées par des migrants ? N'importe lequel de ces types sauterait sur la couette chaude !

— Sans doute, mais les sous-vêtements ? Tu as dit toi-même que les violeurs emportaient souvent des trophées. Là il y a ce qu'il faut ! Et dans sa poche en plus.

— C'est vrai, je l'ai dit. Ce que je n'ai pas dit, c'est que ces trophées devaient être liés à l'acte. Sinon ils ne rappellent pas un moment jouissif pour le violeur. Deux petites culottes propres prises dans une valise ne représentent pas le plaisir qu'il a pris pendant l'acte.

— Mais elles représentent quand même la fille !

— Certes, mais pas le viol.

— Tu penses au nœud rose ? demanda Jumet.

— Par exemple.

— On va voir ce que donne la fouille complète de son abri.

— Mais il a pu le mettre n'importe où ! s'insurgea Renard. Surtout un truc aussi petit.

— Le trophée ne présente d'intérêt que s'il peut le regarder, le toucher pour faire ressurgir les images du viol et du plaisir qu'il en a tiré. Il ne l'aurait pas enterré au fond d'un bois. S'il l'a, ce sera accessible. J'aimerais assister à l'interrogatoire, ajoutai-je.

Renard me regarda par en dessous. Je cassais ses belles convictions et cela l'emmerdait de toute évidence. Mais le professionnalisme reprit le dessus :

— Très bien. De toute façon, la Scientifique va décortiquer tout ça.

Je sentais bien qu'il espérait des preuves infaillibles.

— Bien sûr, dis-je. L'ADN parlera.

Renard donna l'ordre de transférer le prisonnier en salle d'interrogatoire après la visite du médecin et que l'avocat commis d'office, qui était une toute jeune avocate, arriva.

Jumet me souffla :
— N'oublie pas l'autopsie !
— À deux heures. J'ai encore du temps. J'irai voir Julie après, voilà tout !
— Très bien.
L'homme fut emmené dans une salle sans fenêtre, meublée d'une table fixée au sol et de trois chaises. Une caméra était prête à enregistrer l'interrogatoire.
— Ce n'est pas encore une obligation, expliqua Renard, mais vu les dérives populaires sur les soi-disant bavures, je préfère prendre toutes les précautions. Et plus encore avec les migrants. Pour les associations qui les défendent, nous sommes coupables au moins du délit de « sale gueule ». On a intérêt à être prudent, même si on n'a rien à se reprocher.
Ambiance, ambiance !
L'homme fut introduit dans la pièce par Perriers.
J'entrai avec Jumet et Renard qui n'avait aucune envie de laisser sa place malgré nos affirmations de coopération discrète.
— Je suis le commandant Renard, annonça le gendarme. Voici le commandant Jumet et madame Claes.
L'homme regarda mes collègues et me jeta à peine un regard. Le lien ténu établit dans le bois avait disparu. À ses yeux et sans doute suivant les normes de son éducation, une femme ne devait pas mériter beaucoup d'attention. J'avais déjà connu ça quand un suspect m'avait lancé méprisant : « Toi, tu n'es qu'une femme ! » Il avait fallu le faire changer d'avis.
— Nom, prénom, âge, profession ?
L'homme regarda Renard et resta muet.

Perriers sortit une pochette plastique contenant un passeport élimé :

— Il y avait ça, caché dans l'abri.

Renard enfila des gants et sortit le passeport. Celui-ci était bleu. Une inscription en arabe en haut. En bas, heureusement dans notre alphabet : *Islamic Republic of Afghanistan*.

— Eh bien, on progresse. Ainsi, tu es afghan. Et tu t'appelles…

Il ouvrit le passeport et lut sur une demande de visa périmée depuis longtemps :

— Chayam Bodgan.

— Juste Chayam. Chez nous ça suffit. Le reste c'est pour les papiers.

— Né le 18 mars 1998 à Herat. C'est ça ?

— La date, c'est le fonctionnaire qui a décidé. Herat, c'est la ville près de mon village dans la montagne.

Renard soupira :

— Très bien Chayam. Où as-tu trouvé ces vêtements ?

****

# CHAPITRE 12

L'interrogatoire n'avait rien donné. Chayam s'obstinait à affirmer qu'il avait trouvé vêtements et literie à l'orée du bois et que, trop content de sa chance, il avait embarqué ce qui l'intéressait. Quand Jumet s'était intéressé aux petites culottes, il avait affirmé que oui, cela le faisait fantasmer, mais que non, il n'avait violé personne.

Renard avait frappé un grand coup en sortant des photos du cadavre. Chayam avait pâli sous son hâle naturel et instinctivement s'était reculé aussi loin que possible sur sa chaise, les yeux agrandis d'horreur. Sa réaction spontanée et son attitude en général faisaient que j'avais tendance à le croire.

Ambre avait relevé ses empreintes et son ADN. Restait à attendre les résultats des prélèvements faits au domicile et sur le corps de la victime. Elle m'avait rassurée :

— Tu sais, quelles que soient les précautions prises par un violeur, il est rare de ne trouver aucun ADN. Dans le feu de l'action, il se penche forcément au-dessus de sa victime. Un cheveu, un cil ou un simple postillon peuvent nous mettre sur la voie.

Je l'avais remerciée et ne doutais pas un instant des capacités de la science au service de la police et par ricochet de la justice.

La garde à vue de Chayam se poursuivrait dans les limites légales. Il subirait encore des interrogatoires au cours des prochaines quarante-huit heures. Il arrive qu'un coupable fanfaronne en début de garde à vue et s'écroule à la fin du temps imparti. Fatigue et questions répétitives viennent parfois à bout des plus résistants. Mais pour cela encore fallait-il avoir quelque chose à avouer. Les cas où un innocent avoue pour avoir la paix restent quand même rares et engendrent des vérifications pointues censées éviter l'erreur judiciaire.

À l'issue de sa garde à vue, qui serait sans doute prolongée en attendant les résultats de la scientifique, Chayam irait dans un centre d'accueil pour migrants où il demanderait l'asile politique, conseillé par les assistantes sociales sur les démarches à faire. Deux solutions émergeraient. Dans un cas, il serait renvoyé chez lui, dans l'autre, si son dossier était accepté, il resterait en France, mais en aucun cas, ses rêves d'Angleterre ne se réaliseraient. Sans doute repartirait-il sur les routes, jusqu'au prochain contrôle de police.

À midi, Renard décréta la pause. Nous rejoignîmes la salle de réunion. Cette première audition faisait pencher la balance en ma faveur.

— Il peut mentir, insista Renard pas content de voir son suspect lui échapper.

— Bien sûr. Attendons l'ADN. On verra bien.

Je n'avais pas envie d'argumenter sur le langage corporel de l'individu qui plaidait pour l'innocence.

Perriers apporta un sac de sandwichs achetés à la boulangerie du coin de l'avenue de la Mer et du boulevard Poullain.

Nous vîmes arriver l'en-cas avec bonheur, le petit déjeuner succinct étant loin.

J'avalai un jambon crudités tout en me préparant à partir au CHU. Un coup de fil de Lambert avait annoncé l'autopsie le jour-même, dimanche ou pas, à quatorze heures. Du coup, j'irais voir Julie dans la soirée. À treize heures, je montais dans la voiture de Jumet qui me lança :

— Évite de la mettre à l'eau celle-là ! me rappelant l'attaque dont j'avais été victime dans La Hague[1].

— Pas à chaque fois quand même ! dis-je en croisant les doigts pour conjurer le mauvais sort et chasser ce souvenir désagréable.

Une demi-heure plus tard, j'arrivais au CHU. Il m'en fallut une autre pour trouver une place de parking et me présenter à l'accueil.

— Vous êtes attendue, me dit l'hôtesse avec une mine qu'elle voulait de circonstance quand je lui présentai ma carte.

Je me dirigeai vers les ascenseurs. L'après-midi allait être difficile.

****

1. Voir, de la même auteure, *Souviens-toi que tu es mortel* aux Éditions Epona.

Bien que toujours installée au sous-sol, la morgue avait bénéficié des travaux de modernisation du CHU. On était loin des salles glauques et des carrelages délavés qui, il y a quelques années de cela, accueillaient les corps pour leur dernier voyage. Aujourd'hui, place à l'inox et l'acier. Un carrelage blanc éclatant captait la lumière des scialytiques. Je longeai un couloir qui me mena au bureau du légiste en chef. J'y trouvai Chauvin et Lambert en grande conversation. L'ambiance me sembla conviviale, ce qui me rassura.

Comme avec les gendarmes ou les policiers, il est toujours difficile d'imposer un membre de notre équipe sans passer pour les « je sais tout ». Après les salutations d'usage, j'appris que les deux médecins se connaissaient bien. Chauvin avait été l'interne de Lambert. Ils s'appréciaient ce qui, sans nul doute, me simplifierait la vie.

— On y va ? proposa Chauvin.

Après le passage obligé par les vestiaires, où j'enfilai la tenue règlementaire, nous nous dirigeâmes vers la salle d'autopsie proprement dite. Un technicien avait ramené le corps du "frigo" où il avait séjourné dans un tiroir en acier en attendant que l'on puisse s'occuper de lui.

De la jolie Sarah, on ne voyait actuellement qu'une forme fantôme attendant sous un drap blanc.

Le technicien annonça :

— Tous les prélèvements externes ont été effectués dès l'arrivée du corps et directement transmis au labo.

Il nous montra une liste qui reprenait point par point les prélèvements effectués. Cela allait des cheveux aux particules prélevées sous les ongles et aux traces ADN récoltées grâce aux écouvillons. Lambert approuva à la grande satisfaction de Chauvin.

— On passe aux choses sérieuses ? proposa Chauvin en allumant du bout du pied un micro qui enregistrerait tous les commentaires.

Les deux médecins, équipés de pied en cap de combinaisons intégrales, de masques, de calottes et de gants en maille afin d'éviter toute coupure, entreprirent leur sinistre travail alors que je me demandais ce qui pouvait motiver un jeune médecin, destiné en principe à sauver des vies, à devenir légiste.

Le technicien approcha un appareil de radiologie et photographia le corps sous toutes les coutures à la recherche d'hématomes sous-cutanés. Les poignets et les avant-bras gardaient des traces de lutte. Le pire se situait sur les jambes. Les genoux avaient été écartés avec tellement de force qu'un cartilage était arraché, quant à l'intérieur des cuisses, c'était une palette de bleus dont certains provenaient de coups si violents qu'ils en étaient noirs.

— Il l'a maintenue avec violence. Elle s'est débattue de toutes ses forces, lâcha le technicien avec une grimace.

Il y avait aussi des hématomes au niveau du bassin et en particulier au niveau des hanches.

— Ça c'est quand il l'a pénétrée. Ce sont des coups de boutoir. Elle a la peau tellement fine…

— Je veux aussi des photos des hématomes du cou, ordonna Lambert. Avec un peu de chance, on pourra avoir une idée de la taille de la main de l'agresseur et en déduire approximativement sa taille. À première vue, elles paraissent grandes. Regarde la trace du pouce sur la glotte. Ensuite, les traces vont carrément jusqu'à la C5. Je vais faire un calcul précis, mais d'ores et déjà je peux te dire que c'est un homme de grande stature.

— Et là, qu'est-ce que c'est ? demandai-je en désignant un pincement plus marqué.

Le légiste se saisit d'une loupe éclairante et la braqua sur la zone désignée :

— Peut-être la trace d'une alliance ou d'une chevalière, dit-il avec une moue. Je ne pense pas que nous aurons des empreintes sur la peau.

Un tueur portant une bague, ce pouvait être un indice intéressant. Chauvin s'empara d'un bistouri. Le plus difficile allait commencer.

Lambert abandonna les gestes protocolaires, laissant à Chauvin le soin d'exercer sur son territoire. Il était là en tant qu'invité, mais surtout en tant qu'expert afin de s'assurer, à notre demande, que rien ne serait oublié.

Chauvin incisa le corps d'un geste sûr et précis, partant des omoplates pour rejoindre le sternum et écarta les chairs, transformant Sarah en papillon sanguinolent.

— À première vue, pas de lésion des organes vitaux. Cœur, poumons, foie sont intacts.

Lambert confirma et se transforma en assistant pour le prélèvement des organes qui furent pesés et disséqués pour analyse avant d'être mis dans un vulgaire sac en plastique qui, à la fin de l'autopsie, serait enfermé dans l'abdomen de la jeune fille.

Les constatations se firent plus douloureuses quand ils s'attaquèrent à la région pelvienne. Bien que le viol ait été constaté dès le premier examen, nous ne nous attendions pas à un tel massacre. Devant l'agression, le corps de Sarah s'était fermé comme une huître dans un réflexe d'autodéfense. Réflexe qui avait certainement amené le désir du violeur à son paroxysme. Il avait forcé son chemin, déchirant les petites lèvres, labourant le vagin jusqu'à l'exocol situé à l'entrée de l'utérus. Les tissus étaient arrachés, témoins de la souffrance de la jeune fille. Malgré moi, je sentis des larmes perler au coin de mes yeux. Nous devions rester professionnels et n'avoir qu'un seul but : les réalités scientifiques. Mais nous avions un cœur et les derniers moments de cette jeune fille avaient été terribles. La réaction de Lambert alla dans le même sens :

— Le salaud ! Il s'est déchaîné. Mais je peux dire une chose, ce monsieur est certainement bien fourni par la nature.

— Comment ça ? demandai-je, un peu surprise.

— Son sexe est de taille importante. Dans le cas contraire, il n'aurait pas pu atteindre l'exocol. Or celui-ci est traumatisé, donc, il l'a touché. En prenant les mesures de Sarah, je vais pouvoir te donner la taille minimum de son sexe.

Il entreprit de mesurer avec précision.

— Son vagin est dans la norme : douze centimètres. Sachant que la taille moyenne d'un pénis est de neuf centimètres au repos et treize en érection, je dirai que celui de notre violeur doit atteindre au moins les dix-huit centimètres en érection pour avoir traumatisé l'exocol comme il l'a fait. Donc au repos, environ onze centimètres. Mais cela reste aléatoire. Un pénis de six centimètres peut passer à quinze centimètres en érection. Les phénomènes érectiles ne répondent pas à des normes mathématiques.

Cela serait utile le jour où nous aurions un suspect potentiel. Un médecin pourrait faire cette vérification. En attendant, ce n'était pas le genre d'élément très pratique à utiliser pour l'enquête !

Chauvin, qui avait perdu son côté macho, s'attaqua à la tête de la jeune fille. C'était mon moment maudit, celui où je ne savais jamais si j'allais tenir le coup ou pas. La scie Stryker entama la calotte crânienne après qu'il l'eut scalpée et rabattu la peau du visage jusqu'à découvrir le cou, mettant à jour le larynx. Le cerveau ne présentait pas d'anomalie ni de trace d'hématome sous-dural. Elle n'avait donc pas pris de choc à la tête. Par contre, les carotides et les jugulaires étaient écrasées, l'os hyoïde bel et bien brisé, confirmant la thèse de l'étranglement.

— L'interruption de l'arrivée du sang au cerveau par l'écrasement des artères a d'abord provoqué l'inconscience. À ce stade, s'il avait arrêté de serrer, elle aurait encore pu revenir à elle. Mais sans doute avec des séquelles neurologiques, dit Chauvin. Il faut beaucoup de force pour étrangler quelqu'un à mains nues. Les plaies vaginales et les marques de doigts sur le cou, me font dire que nous avons affaire à quelqu'un de grand et fort.

Lambert opina du chef.

C'était toujours un petit début de piste. Je priai pour que le tueur nous ait laissé une trace biologique. En attendant d'autres éléments, ce serait notre meilleure chance. À mon avis, il n'en était pas à son premier méfait. Avant de tuer dans le feu de l'action, il avait forcément agressé d'autres femmes. Avec un peu de chance, son ADN serait au FNAEG.

À ce moment une femme en blanc entrouvrit la porte :

— Madame Claes ? On vous demande au téléphone. C'est urgent.

****

# CHAPITRE 13

Je devais me rendre auprès de Julie Pelissier de toute urgence. Elle avait reçu son autorisation de sortie, ne tenait plus en place et n'avait qu'une idée en tête, rentrer à Paris et essayer d'oublier.

Le médecin avait été coopératif en stipulant qu'elle ne pourrait sortir qu'après m'avoir parlé. J'appréciai, car parfois, il était difficile d'obtenir l'aide des médecins qui, au nom du bien-être du patient, mettent des bâtons dans les roues des enquêteurs. Il m'accueillit à l'étage où séjournait Julie. C'était un homme d'une quarantaine d'années, à l'allure élégante et à la calvitie naissante.

— Docteur Stéphane Cartier. Vous êtes la psy ? demanda-t-il en me voyant arriver.

— C'est ça, et un peu plus. Mlle Pelissier va mieux ?

— C'est un grand mot. Elle a subi un choc émotionnel important et se trouve actuellement en situation de stress post-traumatique.

— Donc, angoisses, cauchemars, voire visions…

— Pas de visions. Disons qu'elle n'imagine pas un violeur derrière chaque rideau. Mais je pense qu'avant que cette demoiselle ressorte seule, il va se passer du temps. Dans l'état actuel des choses, elle est sous Alprazolam. Pour la nuit, elle a eu du Stilnox. Je transmets le dossier à son médecin traitant à Paris et la dirige vers un psychologue. Il faut qu'elle extériorise ses sentiments et ses angoisses, sinon, elle va devenir paranoïaque.

— Je peux l'interroger ? demandai-je par politesse.

— Je suppose que c'est indispensable. Mais pour l'instant, elle se mure dans le silence. Si vous pouvez en tirer quelque chose, allez-y. Cela lui fera du bien. Peut-être arriverez-vous à ouvrir les vannes. Sa meilleure chance, c'est de parler. Alors…

— Je vous remercie.

— C'est la chambre 314, au fond du couloir à gauche. Ses parents sont avec elle.

— Je vais leur demander de sortir. Il y a des choses qu'elle n'osera peut-être pas avouer devant eux. Genre secrets de fille…

— Je peux leur demander de venir signer les papiers de sortie. Cela vous simplifiera la tâche. Ils la couvent. Ce n'est pas nécessairement la meilleure attitude. Il faut qu'elle assume. De plus, le père est un dominateur. Rien que sa présence pétrifie la gamine.

— Excellente idée. Merci, dis-je encore.

Nous nous dirigeâmes vers la chambre, toujours gardée par un gendarme. Le médecin toqua avant d'entrer. C'était une chambre individuelle et banale. L'hôpital avait fait des efforts d'aménagement. Le lit médicalisé n'était pas rebutant avec une tête de lit en bois et une table de nuit assortie. Une table devant la fenêtre supportait un vase contenant un bouquet de roses rouges côtoyant un sac de chez McDo. Une vague odeur de frites flottait dans l'air. Le repas de l'hôpital n'avait pas dû trouver grâce aux yeux de la jeune fille. Je pouvais le comprendre. Elle n'était pas physiquement malade et la nourriture insipide des hôpitaux aurait cassé le moral à n'importe qui. Les parents avaient remédié au manque d'appétit de leur fille en lui apportant un repas qu'elle aimait.

— Madame et monsieur Pelissier, Julie, voici Laura Claes. Elle est psychologue pour la police. Elle doit s'entretenir avec toi, Julie.

La jeune fille habillée de pied en cap d'un jean et d'un T-shirt *Star Wars*, me lança un regard torve. Ce contretemps retardant son départ qui pouvait s'apparenter à une fuite en avant la contrariait visiblement. Elle était plutôt jolie. De taille moyenne, mince sans être maigre, elle avait un visage arrondi au front large et aux pommettes hautes. Ses yeux marron très clair avaient encore pâli sous les flots de larmes. Des cernes de fatigue et de chagrin creusaient son visage qui reflétait une vive intelligence.

— Bonjour, Julie, dis-je.

Elle me dévisagea longuement avant de répondre d'un vague signe de tête. Elle ne semblait pas franchement disposée à parler.

— Madame et monsieur Pelissier, pouvez-vous m'accompagner ? demanda le médecin. Nous avons quelques points à régler avant votre départ.

La mère eut un regard vers sa fille qui signifiait : ça va aller ?

Julie ne lui accorda pas la moindre attention, continuant à me jauger, comme un scientifique étudierait un insecte derrière son microscope. Le père se leva de l'unique fauteuil de la chambre en me jetant un regard inquisiteur.

— Une psychologue de la police ? Est-ce que cela signifie que vous allez interroger ma fille ? Parce que dans ce cas, il faut peut-être que je fasse appel à un avocat.

Je n'allais pas argumenter devant la gamine au risque de la braquer.

— Je vous accompagne dans le couloir, dis-je. Nous avons à parler. À tout de suite, Julie !

Elle me regarda avec, du moins me sembla-t-il, une lueur dans le regard.

Une lueur d'étonnement ou peut-être même de satisfaction. Le fait que je résiste à son père lui plaisait-il ?

Une fois la porte refermée, nous nous éloignâmes de quelques pas.

— Madame et monsieur Pelissier, il est indispensable que je parle à Julie. Nous travaillons sur une enquête pour viol suivi de meurtre. Peut-être votre fille a-t-elle en sa possession des éléments importants sans en avoir réellement conscience. Alors bien sûr, nous pouvons l'amener au poste, attendre l'arrivée de votre avocat dans une salle d'interrogatoire ou même la mettre en garde à vue, juste comme témoin bien sûr. Mais je ne suis pas certaine que l'ambiance de la gendarmerie l'aide à surmonter son traumatisme.

— Oh non, pas ça, murmura la mère.

— Mais… fit le père. Si c'est un interrogatoire…

— Monsieur Pelissier, si je ne me trompe, votre fille est majeure. Elle peut choisir toute seule la solution qu'elle préfère.

— Elle a juste dix-huit ans, c'est une gosse, soupira-t-il.

— Légalement, elle est en droit de choisir entre les deux solutions que je lui propose. Si cela peut vous rassurer, elle n'est accusée de rien. Je voudrais juste l'interroger sur les relations de Sarah.

Il restait sceptique.

— D'ailleurs, fis-je perfide, car il m'agaçait, pouvez-vous me dire où vous étiez vendredi soir entre minuit et trois heures du matin samedi ?

Il devint blanc comme un linge.

— Pardon ?

— Vous avez bien entendu. Vous faites partie des relations de Sarah en tant que père de sa meilleure copine. Vous avez certainement été amené à la côtoyer à un moment ou à un autre. Je ne sais pas, moi… les conduire au cinéma ou au sport. Parfois cela peut créer des situations… disons compliquées. Ce ne serait pas la première fois qu'un homme craque pour une amie de sa fille…

Ce fut au tour de la mère de pâlir.

— Jérôme… Dis-moi que tu n'as jamais regardé Sarah autrement que comme une copine de Julie !

— Non, non, bien sûr que non !

— Cela signifie-t-il que vous n'étiez pas chez vous vendredi soir ?

— Non. Je joue au poker tous les vendredis. J'ai des témoins. Vous êtes bien une psy ! Plus folle que vos patients !

Je sortis ma carte bleu-blanc-rouge.

— Je suis psy, certes, mais aussi OPJ. Mesurez vos propos, monsieur Pelissier. On pourrait parler d'outrage à agent… Donc, nous sommes d'accord. Je vais parler à votre fille majeure. Et vous, vous accompagnez le médecin.

Il haussa les épaules en signe de capitulation.

*

— Voilà Julie, dis-je en revenant dans la chambre. Peut-on parler toutes les deux tranquillement ?

Elle me regarda presque avec admiration.

— Comment avez-vous fait pour vous débarrasser de mon père ?

Rien que le mot « débarrasser » était intéressant. Une gamine, naviguant entre une mère trop laxiste et un père trop sévère, et dont la crise d'adolescence n'était pas complètement terminée.

— Disons que j'avais des arguments.

— Vous devriez m'expliquer, parce que moi…

— Il t'embête ?

Elle haussa les épaules.

— Il croit toujours que j'ai cinq ans. Il veut diriger ma vie, et moi…

— Toi, tu as dix-huit ans et un petit copain charmant, qui, j'imagine, ne trouve pas grâce à ses yeux.

— Comment avez-vous deviné ?

Je souris. Le mieux, avant d'aborder la découverte du corps, était de la mettre en confiance.

— J'ai eu dix-huit ans moi aussi. Et un copain dont mes parents ne voulaient pas. Pas d'assez bonne classe sociale, pas de niveau d'études et j'en passe…

— Voilà ! C'est exactement ça. Jamais il n'y aura un mec assez bien sur cette terre pour moi. Pourtant, Lucas fait les mêmes études que moi. Et il est gentil…

Sous-entendu, lui.

— Vous avez fait votre vie avec votre amoureux ? demanda-t-elle.

— Quelques années oui. Mais ça n'a pas tenu. Plus tard, j'ai rencontré l'homme de ma vie.

— Moi, je l'ai déjà. Avec Lucas, on va se marier et on partira au Québec.

— C'est bien, dis-je. Il faut avoir des rêves.

— Lucas, c'est un type bien, insista-t-elle. D'ailleurs, s'il n'avait pas été là samedi, j'aurais fait des bêtises.

On y arrivait. Elle savait très bien que j'étais là pour parler de la découverte du corps, mais la phase de mise en confiance était primordiale. J'avais gagné mes galons. On pouvait aborder les choses sérieuses.

— Ah bon ? Qu'est-ce que tu veux dire ?

— Je voulais… Je voulais prendre Sarah dans mes bras… La secouer… Peut-être vivait-elle encore…

Je compatis du regard.

— Mais, elle était morte n'est-ce pas ?

Elle cherchait une confirmation. Une absolution pour ne pas avoir porté secours à son amie.

— Oui. Il n'y a aucun doute sur ce point. Elle était morte avant trois heures du matin.

Un bref éclair de soulagement passa dans ses yeux. Au moins, elle n'était pas responsable de ça. La tristesse chassa cette impression fugace.

— J'aurais voulu la couvrir, vous comprenez. Ne pas la laisser comme ça, les jambes en sang, le sexe à l'air…

Les larmes se mirent à couler.

— Mais Lucas n'a pas voulu. Il a dit que c'était trop tard. Qu'il ne fallait toucher à rien pour la police.

— C'est un bon réflexe. Vous auriez pu fausser les preuves en approchant. C'est lui qui a appelé la police, je crois ?

— Oui… Je pleurais trop. Je criais, je ne sais plus.

— Vous n'avez pas pensé aux pompiers ?

Elle haussa les épaules.

— Je vous dis : je ne savais plus rien. Lucas s'est occupé de tout et puis le voisin est arrivé.

— Le voisin ?

— Parce que je criais. Il est venu voir ce qui se passait. Un vieux. Gentil. Après, quand la police a été là, sa femme a apporté du café. Mais je n'ai pas pu le boire.

— Tu connaissais tous les invités ?

— Bien sûr. On est tous à la fac.

— Tu pourrais me fournir une liste ?

— Oui. Mais ce n'est pas un de nous qui a fait ça. C'est trop horrible.

— Je sais. Mais est-ce que tu les connais tous assez pour jurer de leur bonne foi ?

— … Je crois oui.

— Tu comprendras que nous allons les interroger. Il ne faut pas qu'il y ait de doute.

— Celui qui a fait ça mérite de mourir, lui aussi !

— C'est peut-être un peu radical, mais il risque au minimum vingt ans de prison.

— Et il ressortira et recommencera ! Sarah, elle, ne pourra plus jamais rien faire !

— Tu as raison. Mais c'est la loi. La peine de mort n'existe plus chez nous.

— C'est dommage, cracha-t-elle.

Il n'y avait pas grand-chose à répondre. Je changeai de sujet :

— Tu connais son ex petit copain ?
— Ronan ?
— Oui. Ronan Barrel, si je suis bien informée.
— C'est ça. Il est à la fac aussi. C'est elle qui a rompu. Vous savez… Sarah était vierge. Elle voulait être sûre avant de coucher. Et Ronan…
— Oui ?
— Lui, il voulait. Comme elle ne voulait pas, il est allé voir ailleurs. C'est pour ça qu'elle a rompu. Alors, il est revenu tout penaud. Il disait qu'il l'aimait et tout le bazar. Mais Sarah, elle a… avait un caractère entier. Elle disait qu'elle n'avait plus confiance.
— Est-ce qu'il s'est montré violent ?
— Je ne crois pas. Elle me l'aurait dit.
— Était-il invité à la fête ?
— Non. Elle ne voulait plus le voir, même si pendant un moment elle avait eu du chagrin, elle avait tourné la page.
Nous fîmes la liste des invités et je lui laissai ma carte.
— Si jamais tu penses à quelque chose, n'hésite pas à me rappeler.
— Promis. Vous êtes gentille. Vous allez trouver qui a fait ça, n'est-ce pas ? Vous savez, Sarah, c'était comme ma sœur. On ne pouvait pas lui faire ça.
Les larmes coulèrent encore.
Je lui caressai le visage.
— Je ferai tout mon possible. Tu seras tenue au courant. Promis.

****

# CHAPITRE 14

Je retrouvai les parents qui attendaient derrière la porte dans le couloir. La mère tenait une liasse de papiers en main et de toute évidence faisait la tête. Le père regardait fixement le sol d'un air boudeur.

Je m'arrêtai à leur hauteur :

— Vous pouvez y aller, dis-je. Mais il se peut que nous vous recontactions pour des informations supplémentaires.

— Elle va bien ? demanda la mère.

— Aussi bien que possible après un choc pareil. Je n'ai pas de conseil à vous donner, mais laissez-la respirer. Elle en a besoin.

— Avec ce Lucas, grogna le père.

— Laissez-la vivre, c'est tout. Ce n'est plus une petite fille. Elle a besoin de se reconstruire. Si c'est Lucas qui peut l'aider, alors oui, avec Lucas. C'est à elle de décider.

Je passai par le bureau du médecin pour le remercier de son soutien et descendis à la morgue. Les légistes avaient peut-être quelque chose de nouveau.

L'autopsie était terminée. Le technicien recousait le corps. Il tenterait de lui rendre un visage au cas où les parents voudraient voir leur fille une dernière fois.

Je me rendis dans le bureau des légistes. Seul Lambert s'y trouvait, Chauvin ayant un autre corps qui l'attendait. Une ville comme Caen aurait mérité un deuxième praticien confirmé, mais les comptables du CHU n'étaient pas de cet avis.

— Alors ? demanda Lambert dès qu'il aperçut le bout de mon nez. Du neuf ?

— Pas vraiment. La gamine et son copain ont découvert le corps, point barre. Elle est terriblement choquée comme tu l'imagines, mais à mon avis, ils n'ont rien à voir dans l'agression. Et toi ?

— La cause de la mort est l'étranglement, il n'y a pas de doute là-dessus. Le viol seul ne l'aurait pas tuée, mais vu la résistance dont elle a fait preuve, elle était tellement abîmée que je ne pense pas qu'elle aurait pu avoir une activité sexuelle normale. Psychologiquement cela aurait été encore pire. Pour le reste, elle avait mangé une pizza, des chips et bu du Coca. Ah ! J'ai aussi le résultat des premières analyses : pas d'alcool, ni de drogue. Clean à 100 %. Sinon, c'était une gamine en pleine santé. Une gamine de dix-huit ans quoi !

Je soupirai. Quel gâchis !

Je remerciai Lambert et cette fois lui fit la bise pour lui dire au revoir.

— Tu me tiens au courant ?

— Bien sûr !

J'espérais seulement ne pas avoir besoin de ses services dans un futur plus ou moins proche. Le violeur avait tué. Dans cette spirale infernale, il avait gagné la toute-puissance. Le droit de laisser la vie ou de donner la mort. Pour peu que son plaisir physique ait été décuplé par l'étranglement, il risquait fort de recommencer. Ni son corps ni son cerveau ne pourraient se passer de pareilles jouissances.

*

En raison des bouchons sur le périphérique de Caen, je mis presque une heure pour rejoindre la gendarmerie de Ouistreham.

— Ah te voilà ! m'accueillit Jumet.

— Oui, me voilà ! Je suis restée m'amuser à l'hôpital, dis-je, grincheuse à cause des embouteillages.

Il me jeta un regard en coin et n'insista pas. Il savait trop bien qu'une autopsie était toujours une épreuve. Sans doute n'avait-il pas envie que je cède ma place lors d'une prochaine enquête !

— Tu veux un thé ?

J'acceptai cette offre de paix et ravalai ma mauvaise humeur.

— Qu'est-ce que tu as ? me demanda-t-il une fois mon thé avalé.

Je lui résumai le rapport d'autopsie et ma visite à Julie Pelissier.

— En bref, rien de franchement neuf.

— Non. Hélas ! Et vous ?

— Le migrant est parti en centre de rétention et a été mis sous contrôle judiciaire après avoir vu un juge. Bricart et Renard ont cuisiné le père de la victime. Cela ne donne rien. J'attends les résultats ADN pour lui permettre de retourner auprès de sa femme.

— Et le gosse ?

— Les parents sont arrivés avec l'avocat qui a assisté à notre entretien, puisqu'en aucun cas, il ne s'agit d'un interrogatoire. Je te passe les méandres administratifs et la mauvaise foi de l'avocat qui défendrait le diable en personne s'il le fallait. Ceci dit, le gamin semble clean. Paris a vérifié son emploi du temps et celui de sa petite copine Julie. Ils se sont vus dans un café étudiant le vendredi soir. Ils sont rentrés tôt pour cause de voyage à Ouistreham le lendemain. La suite, tu connais.

— Il est encore là ?

— Penses-tu ! L'avocat a embarqué tout le monde et retour au bercail. Pourquoi ?

— Rien… Je trouve juste qu'il a réagi avec beaucoup de sang-froid pour un gosse de dix-huit ans qui n'avait jamais vu un cadavre. Surtout dans cet état.

— Cherche pas. Il veut travailler aux assises. Il a tout lu, regardé tous les films, toutes les émissions concernant les crimes et s'amuse à refaire les enquêtes. Il paraît même que, dans l'une ou l'autre, il aurait trouvé des failles. Il connaît les procédures par cœur. Peut-être même mieux que toi ou moi !

— Ceci explique cela. Mais le Québec ?

— Quoi le Québec ?

— Il a promis à Julie de partir au Québec. Avocat d'assises au Québec ? Ce sont les mêmes études ?

— J'en sais rien moi ! Peut-être qu'il y a des équivalences à obtenir. Et puis tu sais, à cet âge-là, on a le temps de changer d'avis.

Encore une qui allait déchanter !

— Donc innocent ?

— Jusqu'à preuve du contraire. Manquent les résultats ADN. L'avocat et les parents ont juré que Lucas resterait au domicile en attendant la réponse. Mais bon… je ne crois pas à sa culpabilité.

— Très bien.

C'était aussi mon avis, bien que cette obsession du crime et de l'enquête avait quelque chose d'intrigant. Et s'il avait voulu commettre le crime parfait ? Du moins à ses yeux.

— On fait quoi maintenant ?

— De la paperasse ! Sans les réponses du labo, on est coincés. Bricart y est. Comme ça, il les aura en direct, sourit-il en pensant à Ambre.

— Je vais aller faire un tour au domicile des Blondiaux. J'ai besoin de le revoir pour comprendre.

— Je t'accompagne, déclara Jumet en sautant sur l'occasion pour quitter le bureau. Au fait, tu n'as pas cassé ma voiture ?

*

Il nous fallut moins de dix minutes pour arriver avenue Pasteur. Le gendarme en faction devant la grille nous salua militairement.

— Repos gendarme, ordonna Jumet. Rien à signaler ?

— Non, monsieur. Quelques curieux comme d'habitude, mais dès qu'ils se rendent compte que la maison est gardée, ils n'insistent pas. Ah oui, un journaliste aussi. Il a essayé de me faire parler.

— Et bien sûr vous avez respecté votre devoir de réserve.

— Bien entendu, monsieur. Par contre, je ne suis pas certain que les voisins aient été aussi discrets. Le journaliste est allé sonner chez eux et il y est resté au moins une heure. Quand il est sorti, il avait l'air satisfait. Il m'a même fait un petit salut ironique.

— Vous avez son identité ? demandai-je.

— Oui, madame. J'ai rusé. Je l'ai appelé, il a obtempéré. Je lui ai demandé s'il avait eu ce qu'il voulait. Il a approuvé d'un air satisfait. Il m'a demandé si je voulais collaborer, que je devais m'emmerder ici, mais que j'étais aux premières loges pour des infos. J'ai fait semblant d'hésiter, il m'a même proposé de l'argent : cinq cents euros pour un scoop !

— Corruption de fonctionnaire, grogna Jumet.

— Il m'a laissé sa carte. La voici.

Il me tendit un carton blanc sur lequel je lus :

*Yves Pichon, journaliste.*

Suivaient le nom d'un journal local et un numéro de téléphone.

— Vous feriez un bon enquêteur, gendarme ! le félicitai-je tout en me demandant s'il n'avait pas été tenté un instant de succomber aux sirènes de l'argent facile. Cinq cents euros pour un gendarme payé mille deux cents euros pour risquer sa vie tous les jours, ce n'était pas rien !

— Je vais aller voir les voisins, décréta Jumet, que l'on sache à quoi s'attendre dans la presse.

— Je rentre dans la maison. Histoire de prendre le pouls.

Je franchis le portail et me retrouvai dans le jardin arboré. Le portail ne présentait aucune difficulté à franchir, il ne fermait pas à clé. Le jardin, planté au moins une trentaine d'années plus tôt, offrait une multitude de cachettes possibles. Buissons, massifs et même troncs d'arbres épais offraient leur lot de coins sombres permettant de se dissimuler facilement, surtout de nuit.

En définitive, le risque le plus grand pour le violeur venait de la rue, aérée où les espaces découverts étaient nombreux à moins de passer d'un tronc de tilleul à un autre. Mais avec la tempête, la rue était déserte la nuit du crime et le promeneur de chien n'avait rien vu. Sans doute le violeur était-il déjà dans le jardin.

Je pénétrai dans la maison à l'aide de la clé récupérée dans les scellés.

Le silence m'accueillit, aussi sinistre que les lieux laissés en l'état après le passage du SMUR, des gendarmes et de la police scientifique. De la poudre à empreintes garnissait toutes les poignées de portes et fenêtres et stagnait sur les meubles. Les restes du dernier repas de Sarah étaient encore sur la table du salon, confirmant le diagnostic des légistes. Les volets fermés ne laissaient passer que de faibles rais de lumière déjà vacillante en ce début de soirée. Je cherchai les interrupteurs et éprouvai un certain soulagement à retrouver une lumière vive. Le décor était résolument années soixante, laissé en l'état après la mort des grands-parents. Sans doute le couple Blondiaux n'avait-il pas voulu faire de frais pour une maison de vacances arrivée par héritage. À moins que ce ne fût sentimental et volontaire. C'était quand même un peu sinistre. Tout était sombre. Cuisine en chêne, faïence marron, meubles en chêne également, tapis vert foncé, canapé à ramages bruns eux aussi. Une maison de vieux, pensai-je. Je montai à l'étage. C'est par là que les Blondiaux avaient commencé quelques rénovations. La chambre des garçons où se trouvaient des lits jumeaux avait été repeinte de couleurs vives. L'ameublement y était résolument moderne. La chambre des parents était au goût du jour, la moquette récente. Le lit à lattes ne datait certainement pas des grands-parents. Qui aurait aimé dormir dans le lit où ses parents avaient fait leur vie ? La chambre de Sarah était plus énigmatique. Mélange d'ancien et de moderne et cette couleur rose qui dominait. Mon sentiment fut que Sarah étant leur première petite fille, les grands-parents avaient dû aménager cette pièce pour leur petite princesse. Elle y avait grandi au gré des vacances à Ouistreham et avait gardé cette chambre comme un cocon lui rappelant son enfance choyée. C'est là aussi qu'elle était morte.

Je descendis avec le sentiment de connaître un peu plus la jeune fille, de me sentir un peu plus proche d'elle. Je me projetai sans difficulté dans cette famille qui avait vécu ici des moments heureux avant que la mort ne vienne frapper brutalement à leur porte. J'étais persuadée que madame Blondiaux mettrait la maison en vente dès que possible. On ne peut pas garder une maison où son enfant s'est fait assassiner. Impossible de revivre le drame au quotidien.

En bas, j'observai les fenêtres et les volets. Comme l'avait dit Pasquier, aucun signe d'effraction. Juste un loquet tordu. D'après ce que j'en savais, Sarah n'aurait jamais ouvert la porte à un inconnu à minuit, qui plus est un soir de tempête et de panne de courant. Aucune jeune fille saine d'esprit ne ferait cela. Alors, par où était-il entré ?

Je fermai les yeux et tentai de me projeter. Une fenêtre ? Pas si facile. Il y avait un peu de hauteur et les pieds de l'agresseur auraient laissé des traces sur le mur. Or, il n'y avait rien. Ne restait que la porte-fenêtre. La seule possibilité est qu'il se soit faufilé alors qu'elle fermait ses volets. Mais comment n'en avait-elle pas eu conscience ? Le loquet tordu ! Il devait capter toute son attention. C'était donc bien un acte prémédité. Sarah n'était pas morte par hasard. Elle était le fantasme du tueur.

Jumet arriva et je lui fis part de mes déductions.

— Allez, on rentre, dit-il.

****

# CHAPITRE 15

*Lundi*

La journée avait été très longue. Alors que Jumet acceptait une invitation à manger de Renard, je rejoignis ma chambre et m'écroulai sur mon lit. Juste le temps d'un coup de fil à l'homme de ma vie et je plongeai dans un sommeil sans rêves jusqu'au lundi sept heures.

Pour une fois, Jumet était debout avant moi. Il m'accueillit dans la cuisine, un sourire goguenard aux lèvres :

— Alors ? On a fait un gros dodo ?

— C'est le moins qu'on puisse dire ! On descend ? demandai-je, sachant que j'allais trouver du thé au bureau.

— Oui. Bricart a dormi chez lui. Il est sur la route.

Un quart d'heure après, toute l'équipe, Renard compris, se retrouva dans la salle de réunion.

— Il y a des nouvelles de la Scientifique, annonça Bricart.

Nous étions suspendus à ses lèvres.

— On a un ADN. Prélevé sur le corps de Sarah. Plus précisément sur son visage. De la salive et de la sueur.

— Que dit le FNAEG ?

— L'ADN a été prélevé sur une femme qui a porté plainte pour viol. Mais on n'a pas de nom. L'homme n'a jamais été arrêté.

— C'aurait été trop simple, soupira Jumet.

— C'est vrai, dis-je. Mais on a la confirmation qu'il n'en est pas à son premier viol.

— Un violeur en série ? demanda Renard.

— C'était à prévoir. Il est rare qu'un violeur tue lors de son premier passage à l'acte. Un élément a fait que cette fois, il a basculé. Peut-être a-t-elle trop résisté ou trop crié. Peut-être l'excitait-elle plus qu'une autre… allez savoir. Toujours est-il que cette fois, il a tué. Il faut interroger SALVAC et même Europol. S'il a agi dans d'autres régions, il est possible qu'on ait des témoignages.

— On en a un, dit Bricart. Celle qui a porté plainte a décrit, je cite, un plongeur ou un ninja.

— C'est quoi ça ? demanda Jumet peu au fait des succès cinématographiques surtout s'ils s'adressaient à un public adolescent.

— Ninja est un terme japonais servant à désigner un espion ou un mercenaire, dis-je. Ce sont des guerriers. Ils sont devenus des héros de comics et ensuite de dessins animés. Souvent ils sont habillés de noir des pieds à la tête pour qu'on ne puisse pas les identifier. Le plongeur aussi, mais pour d'autres raisons. Lui, il a une combinaison en néoprène.

— La combi de plongeur n'est pas pratique pour un viol, remarqua Renard.

— Je sais qu'il en existe avec une tirette sur le devant. Sans doute juste de quoi laisser sortir son sexe. Mais c'est vrai, cela semble difficile. Ou alors une combinaison de travail noire. Si c'est du tissu et non du néoprène, cela semble plus plausible. Un peu comme celles de la police scientifique ou des peintres par exemple, avec une fermeture Éclair qui descend jusqu'en bas.

— Le témoin parle aussi de gants et de cagoule. Elle a juste pu dire que c'était un homme blanc, à la peau mate et aux yeux marron très foncé.

— Un portrait-robot ? demanda Jumet.

— Si on peut dire, répondit Bricart en sortant un fax de mauvaise qualité représentant une silhouette tout de noire vêtue.

— En effet ! Ce n'est pas ça qui va nous aider à l'identifier, pesta Jumet.

— La taille ? demandai-je. Lambert dit qu'il doit être puissant…

— Puissant, ne veut pas dire grand, fit remarquer Renard.

— En effet. Mais vu la taille de ses mains… J'attends plus de précisions.

— La femme qui a été violée mesurait un mètre soixante-cinq. L'homme était beaucoup plus grand qu'elle, paraît-il. Elle l'a estimé à au moins un mètre quatre-vingts.

— Si on résume, dis-je, on a un homme blanc à la peau mate, yeux marron foncé, plus ou moins un mètre quatre-vingts avec des mains puissantes et un grand sexe quand il est en érection. C'est-à-dire une bonne proportion de la population masculine.

— Cela nous évitera d'arrêter un homme aux yeux bleus, ricana Renard.

— Le viol de cette femme a eu lieu quand et où ? demandai-je.

— Elle a été violée le 14 juin 2015 à son domicile, 45, La Pétrie, à Limoges.

— C'est loin d'ici ! s'exclama Jumet. Ce qui signifie qu'il est mobile.

— On sait l'heure ?

— Euh… attends. Aux environs de vingt-trois heures quinze. Son mari était en déplacement. Elle regardait la télé et quand elle a voulu aller se coucher, le type était dans sa chambre.

— Il est entré comment ?

— Sans doute par la porte-fenêtre qui était restée ouverte toute la soirée, car il faisait très beau. Elle n'a rien vu, rien entendu jusqu'au moment fatidique.

— Donc, il se déplace silencieusement.

— Il l'a menacée de représailles si elle parlait. Des menaces verbales aussi, genre tu seras couverte de honte, ton mari te quittera, etc.

— Il savait qu'elle était mariée et qu'elle serait seule ce soir-là. Cela implique qu'il l'observait depuis un certain temps. Ce n'est pas un impulsif. Il n'obéit pas à une pulsion incontrôlable. Il repère sa victime, l'observe et s'il la trouve digne d'intérêt et que les circonstances s'y prêtent, il passe à l'acte.

— Ce que le violeur n'avait pas prévu, c'est que le mari est rentré dans la nuit. Le violeur venait de partir. Il a trouvé sa femme recroquevillée dans un coin, couverte de bleus et dans l'état que nous imaginons tous. Il a appelé les pompiers, les flics et c'est ainsi que l'ADN a été prélevé. Pareil, pas de sperme, il utilise sûrement un préservatif, mais dans des postillons sur son visage.

— Est-ce qu'il parle pendant l'acte ? demandai-je. C'est curieux cette histoire de postillons pour un type qui se protège d'une combinaison, de gants et d'une cagoule.

Bricart parcourut le rapport et leva les yeux au ciel :

— Il lui a dit : « T'es bonne toi. » Au moins une dizaine de fois !

Le téléphone sonna. Ménard. Le commandant de gendarmerie brancha le haut-parleur :

— Alors vous avancez ?

— J'espère que toi, tu avances, répondit Jumet. Nous, on tourne en rond.

— Comment feriez-vous sans nous ?

Ménard était ironique.

— À l'ancienne. Mais cela veut dire qu'il y aurait sans doute plus de victimes. Accouche !

— Bon. D'abord, le bol alimentaire. Il raccourcit la fourchette de l'heure de la mort : entre une heure et trois heures.

— Donc, il l'a attaquée après qu'elle se soit couchée. Comme l'autre.

— L'autre ? Ah oui celle de Limoges ?

— Exact. Il est rentré à son insu et est allé l'attendre dans sa chambre. Il n'y avait aucune trace de lutte en bas.

— Il doit aimer son confort le petit gars, décréta Jumet. Ou alors il a besoin d'un lit.

— Pas tout de suite dans la chambre, répondit Ménard. D'abord dans la salle de bains.

— Il n'y avait pas de traces de lutte dans la salle de bains.

— Non, mais il y avait l'odeur.

— Le parfum ?

— C'est ça. On en a discuté, on pense qu'il a attendu qu'elle monte, planqué dans la salle de bains. On a passé le tampon au spectromètre de masse et on a comparé le résultat à la base de données des parfumeurs. C'est *Roule* de Barsol. Vendu en supermarché uniquement. C'est bien le même qu'on retrouve sur Sarah. Il y a aussi les mêmes molécules dans la chambre parentale. Il y est passé.

C'était toujours un élément de plus.

Ménard continua :

— L'ampoule du couloir, qui était poussiéreuse, garde des traces de doigts. Malheureusement, sans empreinte. L'homme portait forcément des gants, mais on peut supposer qu'il l'a dévissée.

— Il ne pouvait pas savoir qu'il y aurait une coupure de courant et il a pris ses précautions.

— Mais j'ai mieux…

— Mieux que l'ADN, ironisa Jumet.

— Peut-être bien. Sarah s'est défendue avec force. Sous ses ongles, il y avait des fibres de tissu noir. Tissu que devait porter le violeur. On sait déjà que celui de Limoges arborait une combinaison noire. Je peux vous dire maintenant qu'elle est en coton. Après recherches, on en trouve sur Internet pour une cinquantaine d'euros et dans les magasins de bricolage. Mais ce n'est pas tout…

— Arrête de nous faire languir, suppliai-je.

— Elle l'a griffé. Au visage sans doute. On a des squames de peau et un cil.

— Et…

— L'ADN, on avait. Mais l'analyse de la peau nous a apporté un élément qui devrait vous aider dans vos recherches. Votre gars est atteint de triméthylaminurie…

— De quoi ???

— Une maladie génétique qui engendre la mutation du gène FM03. Maladie génétique orpheline qui provoque des odeurs corporelles très fortes et nauséabondes. Le malade peut sentir l'urine, le poisson ou l'œuf pourri…

— Charmant ! dis-je. Mais cela expliquerait pourquoi il se parfume au point de laisser son odeur derrière lui.

— Possible. Il n'y a pas de traitement radical, mais des moyens de limiter les odeurs en faisant un régime particulier, en prenant du charbon actif, de la chlorophylle et en se lavant beaucoup.

— Ce n'est pas courant ?

— On parle de 1 % de la population.

— Quand même ! Je suppose que les médecins peuvent la diagnostiquer assez facilement.

— Forcément. Tout le monde a un nez. Bien entendu, on confirme par des analyses poussées.

— Existe-t-il un fichier des gens atteints ? demanda Bricart.

— Pas à ma connaissance. Cependant, les médecins doivent avoir recensé des cas.

— Ouais. À condition que le violeur ait été diagnostiqué.

— Sandrine Louvel a-t-elle parlé d'odeur forte ? demandai-je.

Bricart replongea dans son dossier.

— Elle a dit qu'il puait, mais sans plus. Pas de description de l'odeur. Je cite : « Il n'avait pas dû se laver depuis longtemps. Il puait. C'était répugnant. »

— On peut interroger les médecins de la région et le CHU. Ce genre de maladie orpheline se traite le plus souvent à l'hôpital.

— On ne peut pas se limiter à la Normandie, dis-je. En attendant des réponses de SALVAC, il faut interroger Limoges aussi. Peut-être la liste sera-t-elle plus longue si on arrive à isoler des cas similaires. Dans ce cas précis, si on n'a rien, un coup de pouce de la presse pourrait s'avérer utile.

— C'est ça, grogna Jumet. Tu veux mettre une annonce ? Recherche violeur à l'odeur forte. Toutes les associations de malades vont nous lyncher !

— Il y a moyen d'être plus subtil que ça !

— On commence par les toubibs, décréta-t-il. Après on verra. On peut aussi voir les ventes de parfum dans les grandes surfaces. Pour peu que le type ait une carte de fidélité et qu'il en achète beaucoup, il devrait être repérable. Autre chose Ludovic ?

— Tu veux pas que je te l'amène sur un plateau en plus !

— Non. On va se débrouiller ! Merci. Super boulot.

****

# CHAPITRE 16

*Le tueur, samedi*

La journée du samedi lui avait paru longue. Pourtant, il s'était réveillé tard, pas loin de midi. Sa nuit avait été peuplée de rêves allant de l'extase au cauchemar. Il ne comprenait pas trop ce qui s'était passé. Non qu'il ait des remords, l'extase l'emportait sur le cauchemar, mais de voir la fille morte l'avait quand même un peu perturbé. Déjà, il n'avait pas eu à la menacer. Celle-là au moins ne parlerait pas. Mais le problème était le cadavre. Forcément, il allait être découvert. Il y aurait enquête de police pour crime de sang. Pourvu qu'il n'ait laissé aucune trace derrière lui ! Il faisait tout pour, mais dans le feu de l'action, on ne sait jamais. Il réfléchit un peu, puis haussa les épaules. Comme tout un chacun, il avait vu des émissions sur la police scientifique et les méthodes d'enquête. En admettant qu'il ait laissé des traces biologiques, les flics ne pourraient rien en faire. Il n'avait jamais été arrêté, même pas pour excès de vitesse ou d'alcool, en réalité il ne buvait jamais, à cause de… D'un geste de la main, il chassa la pensée désagréable. Même avec son ADN, ils ne pourraient pas le trouver, car pour cela il aurait fallu qu'il soit fiché ! Et ce n'était pas le cas. C'était réconfortant. Il prit une douche. Il en prenait une matin et soir, le midi aussi quand il le pouvait. De toute façon, il n'avait pas le choix. Déjà tout petit, les enfants se moquaient de lui à l'école. Et les enfants sont cruels. Il l'avait appris à ses dépens. En grandissant, cela avait été plus terrible. Les ados sont pires encore. Quant aux filles, inutile d'en parler. Elles ne disaient rien, mais avaient une manière de se détourner de lui d'un air dégoûté qui le blessait plus que n'importe quelle blessure physique. Même sa mère de son vivant le repoussait, quant à son père il avait quitté le domicile alors qu'il était bébé. Il ne se souvenait même pas de son visage. Et pourtant s'il était comme ça, c'était bien à cause de ses parents. Parents indignes qui l'avaient raté. Un gène déficient… Voilà ce qu'avaient décrété les médecins. Rien à faire. Il était taré, point barre. Et il puait. D'ailleurs, le nom populaire de la maladie était le syndrome du poisson pourri, cela voulait tout dire ! Petit à petit, il en avait pris son parti. Après tout on n'a pas besoin d'amis pour vivre. Il s'était isolé, évitant toute vie sociale, autrement dit, fuyant le regard et surtout le nez des autres. Sauf qu'il était un homme. Avec des besoins d'homme. Les rares fois où il avait pris une douche dans un vestiaire avec d'autres ados, il avait eu l'occasion de se rendre compte que ceux-ci le regardaient d'un air envieux, même s'ils l'évitaient. Enfin, il avait quelque chose d'unique qui faisait des jaloux. Un sexe hors norme. Bien plus grand que les autres. Mais la fierté avait vite laissé place à la frustration. Aucune fille n'avait voulu de lui et aucune n'en voudrait jamais ! C'était une évidence. Après une période masturbatoire intense, il n'avait trouvé qu'une solution à son problème : le viol. Depuis il vivait de la sorte. Ce n'était pas ce qu'il aurait voulu, mais c'était ainsi. Peu à peu, il avait pris goût à la chose. Choisir sa proie, la surveiller, la surprendre, autant d'éléments qui faisaient monter son excitation. Ils étaient devenus indispensables à son plaisir.

Le viol n'était que la cerise sur le gâteau. Parce que cela allait vite, trop vite. Mais hier, il avait trouvé une autre dimension à son acte. Jamais, malgré ses frustrations, il n'aurait imaginé qu'il puisse en arriver là. La jouissance extrême. Était-ce dû à la fille ou à l'acte ? Il ne savait pas trop. Les deux sans doute. Il avait atteint le summum du plaisir au moment où, ses mains serrées autour du cou de Sarah, elle avait poussé son dernier gémissement. Il était tout puissant. C'était une révélation. Il avait le pouvoir de donner la mort ou de laisser la vie. Était-ce là le vrai plaisir ? Pour le savoir, il n'y avait qu'une solution : recommencer.

*

Dès la nuit tombée, il était parti en chasse. D'abord, il passa par l'avenue Pasteur. Il avait besoin de retourner sur les lieux, juste pour voir. Il longea le trottoir de droite en allant vers la mer pour ne pas se trouver face aux gendarmes qui montaient la garde devant la maison de Sarah. Vêtu d'un sweat à capuche et d'un pantalon de jogging, il ressemblait à n'importe quel jeune se voulant à la mode rappeur. De loin, il se rendit compte que c'était encore le branle-bas de combat. La rue était barrée à la circulation. Les voitures de gendarmes étaient garées partout, certaines même sur les trottoirs entre les tilleuls. Un fourgon blanc et une voiture portaient l'inscription « Police scientifique-identification criminelle ». Les fameux « experts » étaient sur place. Une onde de peur lui traversa le corps. Et s'ils arrivaient à l'identifier ? Puis, il eut un choc. Un véhicule des pompes funèbres stationnait au plus près de la villa.

Deux types patientaient à côté en fumant une cigarette. Cela ne pouvait signifier qu'une chose ! Le corps de Sarah était encore là. Il avait peut-être une chance de l'apercevoir, même de loin. En un instant, cela devint un besoin irrépressible. Déjà son ventre se tendait, rien qu'à imaginer la jeune fille alanguie sur la civière. Il devait la voir. C'était indispensable.

Il étudia la situation. S'il restait dans la rue, il se ferait repérer par les flics qui, systématiquement, chassaient les badauds trop curieux. Le mieux, c'était son poste d'observation favori. Le trou dans la palissade du chantier. Une fois à l'intérieur, il pourrait assister au spectacle en étant aux premières loges. Voir sans être vu. Mais il n'avait pas la clé du chantier sur lui. Il passa devant la maison, gagna le coin de la rue. Il avait peur de rater la sortie du corps. Pourtant, pour franchir la palissade du chantier, il fallait qu'il en fasse le tour. Il ne pouvait quand même pas l'escalader devant toute la gendarmerie réunie. Autant signer son arrêt de mort ! Il passa le coin de la rue et se mit à courir jusqu'à l'endroit où il pourrait passer sans trop de risques de se faire repérer par les passants. Cinq minutes après, il était à l'intérieur. Il fila jusqu'à son poste d'observation. Juste à temps ! Il y avait de l'agitation aux abords de la maison. Les hommes en noir n'étaient plus visibles et l'arrière du fourgon mortuaire était ouvert, laissant voir un système de rails sur lequel serait monté le brancard. Il regretta de ne pas avoir ses jumelles. S'il avait pu penser un instant qu'il assisterait à cette scène, il n'aurait pas manqué de les apporter.

Puis le brancard apparut. Il s'imaginait voir Sarah. Il fut déçu. Le corps était enveloppé dans une housse. Il aurait dû s'en douter, mais l'envie de contempler une dernière fois son œuvre avait été plus forte que le raisonnement logique. D'ailleurs, il bandait dur. Il se masturba activement. Il jouit quand les portes du fourgon se refermèrent.

*

La tempête était passée et la température ce soir était douce, surtout pour un week-end de Pâques. Comme partout, le samedi soir, les gens sortaient. Les plus âgés allaient au restaurant, les plus jeunes se retrouvaient après avoir mangé un kebab, une pizza ou un snack sur l'esplanade. Il y aurait du monde aux terrasses, du monde aussi sur les planches et même sur la plage. Un lot de filles aux tenues sexy qui feraient la fête, riant à gorge déployée pour séduire les garçons qui les accompagnaient. Une sorte de parade nuptiale à l'envers : aux filles de séduire, aux garçons de choisir. Lui voyait cet étalage de jeunesse et de beauté comme une vitrine où il n'aurait qu'à se servir. Il lui était arrivé de s'en prendre à des femmes mûres, surtout si elles vivaient seules. C'était pratique. Pour les mariées, il fallait patienter jusqu'au départ du mari. Cela pouvait se révéler dangereux pour peu que celui-ci ait l'idée de rentrer à l'improviste, ce qui avait failli lui arriver une fois ou deux. Pour les jeunes filles, le plus compliqué, c'étaient les parents ou le petit copain. Mais, en général, il y avait toujours un moment où il parvenait à les trouver seules. Cela demandait de l'observation et du temps. Et il n'y avait rien d'aussi bon qu'une très jeune fille. Surtout si elle était vierge. Mais c'était un coup de poker. Impossible de savoir à l'avance.

Il se mêla à la foule, surprenant des bribes de conversations. Ce soir, le sujet principal était la mort de Sarah. Il comprit que des spécialistes étaient venus de Caen et même de Paris, qu'une femme était arrivée en hélicoptère. Il s'était posé sur la plage un peu plus tôt dans la soirée.

— C'est impensable, disait une femme. On n'est plus en sécurité nulle part ! On imagine ça en ville ou dans les banlieues, mais pas ici. Ouistreham est une ville tranquille !

— C'était, ironisa un homme. Pauvre gamine.

Il passa son chemin et, au pied d'un réverbère, trouva des bougies allumées, des peluches et des roses. Les jeunes de la ville venaient rendre un dernier hommage à la jeune fille assassinée. Une photo avait été maladroitement collée sur le réverbère.

Il s'assit sur un banc et observa la foule. Peut-être la brunette là-bas. Elle avait une forte poitrine et savait la mettre en valeur. Sa copine était blonde et beaucoup plus menue. Trop menue. On aurait dit une gamine. Lui, il voulait une jeune fille bien formée, bandante, qui lui ferait penser à Sarah. Oui, une blonde aux yeux bleus. Ce serait le pied.

Soudain, il la vit. Un copié-collé de son nouveau fantasme. Jusque-là, il se fichait de l'apparence. Mais maintenant, il avait envie de retrouver Sarah.

Il s'approcha du groupe qui avançait sur les planches en direction du poste de secours. Il resta suffisamment loin pour ne pas se faire repérer dans cet espace découvert. Ici, il n'y avait que les planches et du sable. Une légère brise venait de la mer apportant son lot d'air frais et d'iode. C'était bon pour lui, au moins son odeur serait dissipée par le vent.

Si sur l'esplanade on rendait hommage à la jeune Sarah, il n'en était pas de même au casino. De la musique arrivait jusqu'à ses oreilles, l'empêchant de comprendre les échanges du groupe. Il se rapprocha un peu. La jeune fille était merveilleuse. Une poupée russe. Fine, élancée, le port altier, elle aurait pu être mannequin. Elle se tenait très proche d'un garçon de taille moyenne, trop petit pour elle, pensa-t-il, qui la couvait du regard. Il estima à l'attitude de la jeune fille que ce gars-là perdait son temps. Il n'avait aucune chance. La fille en pinçait pour un autre : un membre du groupe, mi-dieu, mi-homme tant il était beau, grand et musclé. La coqueluche de ces dames de toute évidence. Les autres filles aussi ne le quittaient pas des yeux. Apollon parla d'une voix grave :

— Alors les filles, vous voulez voir où je travaille ?

Ce fut un oui collectif.

— Suivez-moi. Je vais vous montrer le poste.

Un secouriste qui se croyait dans *Alerte à Malibu*. Il se tourna vers la blonde :

— Viens, Linda, tu vas voir comme nous sommes bien équipés en France.

Une étrangère ! Pas mal. Cela rendrait la situation plus exotique.

Elle répondit en français avec un accent guttural :

— Chez nous en Hollande, on est mieux équipés qu'ici !

Il s'amusa de l'échange à double sens. Du moins c'est ainsi qu'il le ressentit. Il les doubla alors qu'ils entraient dans le poste, fit quelques pas sur la plage avant de faire demi-tour. Il retourna sur l'esplanade, acheta un sandwich et un soda et s'installa près de l'office de Tourisme. Comme d'habitude, les gens s'éloignèrent de lui, mais maintenant il s'en fichait. Il patienta plus d'une heure avant que le groupe ne revienne. Ils allèrent boire un verre dans l'établissement du coin de l'allée Mouchel et finirent par se séparer aux alentours de vingt-trois heures. Le freluquet fit une tentative pour accompagner la blonde, mais elle le recadra assez sèchement tandis qu'Apollon s'éloignait avec la brune à forte poitrine.

— Elle a du caractère la petite ! Ça va donner !

Il entreprit de la suivre dans la nuit.

****

# CHAPITRE 17

*Lundi*

Les informations livrées par Ménard étaient essentielles. La maladie surtout, si elle ne touchait que 1 % de la population, cela restreignait fortement le panel de coupables potentiels surtout que la moitié devaient être des femmes.

Je fis part de mes réflexions à haute voix.

— T'en as de bonnes toi, fit Jumet. Mais 1 % de la population, cela fait quand même plus de six cent mille personnes. Même si on divise par deux, on est quand même à environ trois cent mille.

Évidemment… Vu comme ça, on n'était pas au bout de nos peines.

— Si notre homme est un Ouistrehamais, il consulte sans doute ici ou à Caen. Cela peut restreindre les recherches.

— Très bien, tu t'y colles, décréta Jumet.

— Je m'occupe des grandes surfaces du coin et des ventes de *Roule*, proposa Bricart.

— Demandons à Mr Blondiaux s'il connaît quelqu'un atteint de cette maladie. Au cas où, on gagnerait du temps. Même si, dans ce cas-ci, vu le passé du violeur, on peut estimer qu'il s'agit de quelqu'un d'extérieur au milieu de Sarah, je vous rappelle que 85 % des crimes sont commis par des proches ou au moins des connaissances. Il faut donc aussi transmettre à Paris pour que la Crim' fasse le tour des relations de Sarah et de ses copains.

— Je m'occupe de Paris, dit Jumet. Va voir le père et cuisine-le. Est-ce qu'il a une odeur particulière ?

— Pas du tout, dis-je.

Bricart confirma.

— Dans ce cas, on lève la garde à vue dès que tu en as terminé avec lui.

Renard qui n'avait pas dit grand-chose jusque-là assura qu'il s'en occuperait dès qu'il aurait mon feu vert. Un gendarme fut chargé d'aller chercher Paul Blondiaux en cellule et de l'amener en salle d'interrogatoire.

— En attendant, voici la liste des médecins du canton, me dit-il en me tendant une feuille déjà toute prête. On a ça à cause des gardes.

La liste comptait onze communes dont les plus connues étaient Ouistreham bien sûr, mais aussi Bénouville et son célèbre pont ou encore Colleville-Montgomery. Toutes avaient un nom lié à l'histoire du Débarquement et à l'opération *Overlord* du 6 juin 1944.

Je jetai un coup d'œil à la liste. Rien qu'à Ouistreham, il y avait une douzaine de médecins. Sans parler des autres communes. Même sans envisager de faire des recherches à Caen, j'en avais pour la journée.

— Paul Blondiaux est en salle d'interrogatoire n° 2, vint annoncer le gendarme.

— J'y vais.

Je rejoignis le local situé au rez-de-chaussée. C'était une salle classique, sans fioriture. Une table, deux chaises, un enregistreur et une caméra. Un des murs présentait une fenêtre rectangulaire très allongée, opaque de ce côté, mais permettant de suivre les interrogatoires de l'autre.

— Bonjour monsieur Blondiaux.

— Ah ! C'est vous.

Il avait perdu de sa superbe et de son arrogance. Une nuit en cellule, quand on n'est ni un dealer ni un voyou des rues, c'est dur à encaisser.

— Ça va ?

Il haussa les épaules.

— Bien sûr que non, ça ne va pas. Ma fille est morte de la manière la plus horrible qui soit, vous m'arrêtez, donc j'en déduis que vous me soupçonnez et je viens de passer une nuit en cellule. Je me sens sale. Sans compter que, lorsque je vais rentrer, ma femme va sans doute demander le divorce à cause de vos questions. Alors non, ça ne va pas !

— Je suis désolée. Nous avons appliqué strictement la procédure.

— Elle n'est pas humaine votre procédure !

— Écoutez, *primo*, ce n'est pas moi qui fais le règlement. *Secundo*, imaginez un instant que la personne qui traverse ce que vous venez de vivre soit réellement coupable, trouveriez-vous encore que cette garde à vue était trop dure ?

Il y eut un instant de silence.

— Non. Elle ne l'aurait pas été assez !

— On est d'accord. J'ai une bonne nouvelle pour vous. Dans son malheur, Sarah a su nous laisser un message très important.

— … ?

— Elle a griffé son agresseur. Nous avons donc retrouvé des squames de peau et avons pu tirer un ADN des cellules épithéliales.

— On sait qui c'est alors ? demanda-t-il plein d'espoir.

— Ce serait trop simple. Disons que nous avons de bonnes indications sur le type d'individu.

— Ah ! Juste des indications.

— Oui, mais importantes. Nous allons aborder cela tout de suite. Mais je peux d'ores et déjà vous annoncer que vous êtes innocenté. Dès que nous aurons fini cette conversation, vous pourrez rejoindre votre femme. Un gendarme vous raccompagnera.

Imperceptiblement, son corps se détendit.

— C'est effectivement une bonne nouvelle dans cette marée de malheurs. Vous vouliez parler de quoi ?

— D'abord, une chose importante. Cette conversation doit rester confidentielle. Toute fuite auprès des amis, de la famille ou pire de la presse pourrait mettre l'enquête en péril. Je sais que votre vœu le plus cher est que celui qui a martyrisé votre fille soit arrêté. S'il avait vent de nos informations, il pourrait prendre la fuite, commettre d'autres crimes avant que nous ne l'attrapions ou s'échapper pour de bon en fuyant à l'étranger par exemple. On est d'accord ?

— Bien sûr.

— Connaissez-vous une personne dégageant une odeur très forte ?

Il me regarda comme si j'étais devenue folle.

— Pardon ? Je ne comprends rien…

— Le violeur est atteint d'une maladie orpheline qui rend son odeur corporelle très désagréable pour les gens qui l'entourent.

— Vous plaisantez là ?

— Jamais dans une enquête pour meurtre, monsieur Blondiaux.

— Je ne savais pas que ça existait.

— Moi non plus, dis-je. Alors ?

Il réfléchit.

— Je ne crois pas. Il y a bien parfois des gens qui ont une odeur forte, mais c'est de la sueur après le sport ou chez les copains des gamins, parfois l'un ou l'autre qui a passé son tour à la salle de bains, mais rien d'insupportable.

— Vous êtes certain ?

— D'après ce que vous dites, on ne peut pas le louper. Alors non, je ne connais personne comme ça.

— Très bien. Vous allez signer quelques papiers avec le commandant et puis je vous raccompagnerai moi-même. Cela évitera à votre femme de faire le déplacement.

— Oui. C'est mieux ainsi. Quand pourrons-nous voir notre fille ?

— J'ai déjà dit à votre femme qu'il serait mieux d'éviter. Mais cela reste votre choix. Sous quarante-huit heures, je pense.

— Et pour la maison ?

— C'est une scène de crime. Les scellés resteront jusqu'à la fin de l'enquête.

— Et si vous ne le trouvez jamais ?

— On le trouvera. Faites-moi confiance. Sinon jusqu'à ce qu'il n'y ait plus aucun élément à exploiter. Je vous retrouve dans le hall d'ici une demi-heure.

— Merci.

*

Malgré l'urgence d'interroger les médecins, j'avais décidé d'aller voir madame Blondiaux. Si jamais un proche de Sarah était atteint de triméthylaminurie, elle le saurait sans doute. Même si elle ne l'avait pas rencontré, le fait était suffisamment rare et marquant pour que sa fille lui en eût parlé.

Je raccompagnai donc Paul Blondiaux à la pension de famille où je fis connaissance de l'amie de sa femme, à peine moins secouée qu'elle.

Je pris les deux femmes à part dans le salon et, avec la même gamme de précautions et de recommandations que pour le père, je posai la question qui m'intéressait. Le résultat fut tout aussi décevant.

Je rentrai à la gendarmerie en cogitant. Il était improbable que le violeur agissant à Limoges et à Ouistreham connaisse les deux victimes avant ses crimes. Mais aucune piste ne pouvait être négligée. La seule certitude que j'avais acquise maintenant était que l'on avait affaire à un prédateur qui choisissait ses proies au hasard. Il les observait pendant le temps qu'il fallait pour connaître leurs habitudes, repérer leur domicile et la façon d'y rentrer quand elles se trouvaient seules et qu'il pouvait agir à sa guise.

Je rejoignis le bureau où je trouvai Jumet au téléphone avec la Crim' et Bricart en grande conversation avec le directeur de la grande surface locale.

J'envisageai un petit bureau désert et décidai de me l'approprier le temps que dureraient mes recherches. Je sortis la liste des médecins et m'armai de courage. Rien que pour le canton de Ouistreham il y en avait une trentaine.

Histoire de m'encourager, je regardai la liste de Caen : plus de deux cents ! Mais seulement un au CHU qui s'occupait d'un service spécialisé dans les maladies génétiques.

Je décidai de commencer par lui. Il y avait de fortes chances que, si notre homme était originaire de la région, il soit passé par l'hôpital.

Si c'était un routard du viol, il ne resterait qu'à appeler tous les hôpitaux de France. En formant le numéro, je croisai les doigts.

Il me fallut plus d'une demi-heure pour arriver au bon endroit et enfin tomber sur une secrétaire très aimable, mais chargée de faire barrage. Je me présentai, parlai d'une enquête de police, mais rien n'y fit. On ne dérangeait pas le Pr Bruyère sur un simple coup de fil.

— Très bien. Dans ce cas-là, donnez-moi un rendez-vous.

Il y eut un silence, des clics de souris puis :

— Le mieux que je puisse faire c'est dans six semaines, le…

— Vous vous fichez de moi ! Lisez-vous les journaux ? J'enquête sur le meurtre de la jeune Sarah à Ouistreham et, dans le cadre de cette enquête, je dois parler au professeur !

— Je comprends bien, madame. Mais au téléphone, vous pouvez être n'importe qui. Je ne ferais pas bien mon travail si je vous passais le professeur sans m'assurer de votre identité et de vos fonctions.

Elle avait raison, mais je bouillais. Que de temps perdu en palabres. S'ils réagissaient tous comme ça, dans trois mois, j'y serais encore !

— Voici ce que je vous propose. Nous raccrochons. J'appelle la gendarmerie de Ouistreham, c'est bien cela ? Et je demande à vous parler. Rappelez-moi votre nom ?

— Laura Claes.

— Si tout correspond, je vous passerai le professeur. Mais il existe un secret médical et…

— Je sais tout cela. Faites comme ça. Mais ne tardez pas. Un violeur se promène dans la nature. Il peut recommencer à tout moment.

Elle tint parole et le professeur resta aussi muet qu'une tombe. Il pouvait donner des renseignements que sur une personne décédée. Rien sur les vivants sauf injonction de la justice et encore…

Il voulait bien me donner un cours sur la maladie, mais pas le nom des malades. Peut-être que si j'avais eu un nom à lui proposer, il se serait montré un peu plus loquace. Mais pas question d'impliquer ses patients dans une histoire de meurtre. J'expliquai que nous avions un ADN, qu'il nous fallait faire des comparaisons qui seraient au départ basées sur le volontariat tout au moins en attendant un ordre du juge pour les autres, il resta inébranlable, mais très aimable.

— N'hésitez pas à me rappeler, madame Claes, dès que vous en saurez un peu plus. Sachez seulement que je traite une demi-douzaine de cas dont cinq sont des hommes. C'est tout ce que je peux vous dire pour l'instant. Presque tous sont suivis depuis l'enfance. Les autres sont arrivés dans la région au gré de leur travail.

Découragée je remerciai. La tâche allait être ardue.

J'attaquai la liste des généralistes de Ouistreham. Ils seraient peut-être plus compréhensifs.

****

## CHAPITRE 18

*Le tueur, samedi soir*

Il avait suivi Linda la Hollandaise jusqu'à ce qu'elle rentre chez elle. En l'occurrence dans un camping-car garé sur l'aire réservée près de l'arbre de la Liberté.

Arbre, cette appellation le faisait rire ! Quand il avait été « planté » pour le soixante-dixième anniversaire du Débarquement, il s'attendait à voir un vrai arbre. Mais non, c'était une sculpture en métal. Plutôt jolie et chargée de mémoire, car ses feuilles portaient des messages écrits par les vétérans, mais pas un arbre !

La jeune Hollandaise logeait dans un camping-car minimaliste garé un peu à l'écart des autres. Il en déduisit qu'elle aimait sa tranquillité ce qui l'arrangeait bien. Si elle criait, il y avait moins de risque qu'on l'entende. Il passa deux heures tapi derrière un des buissons épais qui entouraient l'aire. Elle ne ressortit pas. Quand la faible lumière intérieure s'éteignit, il avait acquis la certitude qu'elle était seule. Pas de copain ou de parents ne viendrait le déranger quand il passerait à l'acte. Il décida de rentrer. Ne pas précipiter les choses.

Observer, prendre ses repères étaient les clés de la réussite. Pourtant, ce n'était pas l'envie qui manquait. En partant, il prenait le risque de voir sa proie lui échapper. Autonome et motorisée, elle pouvait décider de partir dans la journée suivante. Il fallait qu'il remédie à ce risque avant de partir. L'aire était déserte. Dans les autres camping-cars, tout était tranquille. À deux heures du matin, tout le monde dormait. Il se glissa subrepticement jusqu'au combi et rampa sous le véhicule. Il se tortilla pour atteindre une cosse qu'il dévissa. Il rentra chez lui satisfait. Elle ne risquait pas de lui filer sous le nez ! Il se doucha, mit son réveil à sept heures et alla se coucher, des fantasmes plein la tête.

*

*Dimanche*

Il se réveilla frais comme un gardon. La journée allait être bien remplie. Douché, parfumé, il descendit à la boulangerie et acheta la presse. Sans doute, parlerait-on de Sarah. Peut-être saurait-il si son stratagème avait marché. Il y avait bien un article et une photo de la villa, mais rien sur les indices qu'il avait laissés au bois du Caprice. Pourvu que les flics aient mordu à l'hameçon ! Il déjeuna et se dirigea vers son but d'un bon pas. Il n'était pas neuf heures. Il estima avoir toutes les chances de trouver la fille au nid.

Effectivement quand il arriva un quart d'heure plus tard, les petits rideaux étaient toujours fermés.

Par contre, cela s'agitait autour des autres véhicules. S'il restait, il allait se faire repérer. Il changea de tactique.

Il rejoignit la plage par un petit chemin de terre tracé par de nombreux passages et revint par l'arrière. Il se planqua entre les buissons touffus. Là, il était invisible. Bruyant, un ferry sortait du port, direction Portsmouth emmenant avec lui son lot de passagers et les rêves des migrants qui, sans nul doute, avaient dû essayer de s'infiltrer à bord pendant la nuit. Il patienta presque une heure avant que l'objet de ses rêves ne daigne bouger. D'abord, les petits rideaux coulissèrent sur leurs rails en plastique. Enfin, la porte s'ouvrit et Linda apparut seulement vêtue d'un T-Shirt. Ses longues jambes nues s'élançaient vers ce qu'il imaginait sans peine. Ses petits seins fermes s'agitèrent quand elle descendit le marchepied. Ils tendirent le fin tissu quand elle s'étira au soleil sans pudeur, laissant deviner de petits tétons érigés par la fraîcheur du matin. Il reconnut là une fille du Nord, naturelle et sans complexe. L'effet fut immédiat. L'érection se fit douloureuse tant elle était intense. Il se raisonna. Impossible de passer à l'acte tout de suite. Il y avait du monde dans le camping, des gens sur la plage et des promeneurs le long du boulevard Maritime. Si Linda poussait le moindre cri, il serait pris comme un rat.

Elle retourna à l'intérieur et mit une autre heure avant de sortir, habillée cette fois d'un short, d'un polo et d'une petite veste légère. Elle se dirigea vers la rue des Dunes en marchant côté mer. Il choisit le trottoir d'en face. Parfois, certaines filles douées d'un sixième sens se retournaient s'il était dans leur axe. Il valait mieux garder ses distances. Elle se dirigea vers le marché aux poissons et traversa en direction du phare qui se dressait vers le ciel. Blanc éclatant, surmonté de rouge et de son système d'éclairage, il se dressait telle une sentinelle veillant sur le port. Linda dépassa l'école de voile, la capitainerie et le pont-écluse, capable de laisser passer un cargo de trente mille tonnes, à sa droite et obliqua vers le port de plaisance. Il dut rester assez loin pour ne pas se faire repérer dans l'étroite rue Paul-Émile-Victor ouverte à tout vent et sans grande possibilité de se dissimuler. Il la rattrapa alors qu'elle longeait la route de la pointe du Siège. Il la vit faire de grands signes à une bande de jeunes qui attendaient sur l'herbe de l'esplanade Tabarly. Elle les rejoignit, il y eut échange de bises et il reconnut Apollon et le freluquet.

Ils se dirigèrent vers une annexe qui fit trois voyages successifs en direction d'un catamaran. À bord, les premiers armaient le navire. Ils se préparaient pour une balade en mer. D'abord, il râla. Il allait la perdre de vue. Puis il se rasséréna. Il ne restait qu'à attendre. Elle finirait bien par revenir. Son camping-car était là, elle ne pouvait pas faire autrement.

À midi, personne en vue. Il fila jusqu'à une boulangerie et acheta un sandwich et de l'eau, avant de reprendre son poste à côté d'une buvette fermée. Le soleil était toujours de la partie, mais il trouva que les températures rafraîchissaient. Un groupe de gamins shootant dans un ballon passa non loin de lui. L'un d'eux fronça le nez :

— Ça pue ici !

— Les poubelles sans doute, répondit un autre.

Il serra les dents. S'il n'avait pas attendu Linda et, que de fait, il ne voulait pas se faire remarquer, il leur aurait cassé la figure pour leur apprendre les bonnes manières.

Enfin à dix-huit heures le bateau revint. Les jeunes débarquèrent, Linda dans la première fournée.

Elle avait pris des couleurs. Elle était encore plus jolie, plus désirable.

Les jeunes se séparèrent en se donnant rendez-vous sur la plage à vingt et une heures.

Elle allait sûrement rentrer au camping-car, se changer pour la soirée.

Il décida de la précéder. Il avait moins de risque de se faire repérer. Il passa par le pont-écluse. Une voiture le klaxonna. La route était si étroite que si le chauffeur ne braquait pas assez, il montait sur la bordure. Il faillit se faire rouler sur les pieds et donna un coup de poing dans la carrosserie. Le type ne demanda pas son reste.

Il remonta par la rue de l'Yser et reprit son poste d'observation favori. Elle arriva une demi-heure plus tard en flirtant ouvertement avec Apollon.

« Salope, pensa-t-il en serrant les poings au fond des poches de son blouson. Elle va se le faire ! »

Apollon resta plus d'une heure dans le camping-car, tandis qu'il s'imaginait un tas de trucs plus osés les uns que les autres.

Le jeune homme sortit l'air satisfait du type qui a eu ce qu'il voulait.

À peine Apollon parti, Linda se montra à son tour et se dirigea vers des sanitaires publics. Elle revint en chantonnant l'air guilleret.

— Tu ne perds rien pour attendre ! marmonna-t-il entre ses dents. Une autre heure et elle sortit pimpante, vêtue d'une robe à fleurs, très hippie et d'un gilet beige. À vingt heures quarante-cinq, elle se dirigea vers la plage, un petit sac à la main. Il ne relâcha pas sa surveillance. Il allait se la faire ce soir. Demain, il travaillait, il ne pourrait pas la garder à l'œil, sans compter qu'elle risquait de prendre la route.

Le groupe de jeunes s'installa pour un pique-nique. L'un d'entre eux se mit à jouer des airs folks sur sa guitare, airs qu'ils reprenaient tous ensemble. C'était plutôt sympathique et il apprécia le moment. Apollon n'était pas insistant et Linda, si elle lui avait envoyé quelques œillades appuyées, ne se colla pas à lui. Vers minuit, le groupe se sépara. Apollon fit une nouvelle approche, mais Linda ne se montra pas réceptive. Peut-être avait-elle d'autres projets. Elle reprit le chemin de son combi. Alors, il se décida. Il prit de l'avance sur elle. Il n'était pas franchement équipé, mais qu'importe, les flics n'avaient pas son ADN. Plus tard dans la nuit, il pourrait se débarrasser du corps ni vu ni connu. Et avant que quelqu'un ne s'inquiète pour une touriste libérée en goguette, il avait le temps de voir venir.

L'aire de camping-car était silencieuse. Tout le monde semblait couché. Il n'eut aucun mal à crocheter la porte ancestrale. Il entra et referma derrière lui. L'intérieur était sommaire, mais parfaitement rangé. Au fond, une banquette-lit encore ouverte, mais dont les draps étaient tirés. À l'avant, un évier, une armoire en bois, un camping-gaz un feu et une glacière qui pouvait se brancher sur l'allume-cigare. Pas beaucoup d'endroits où se cacher. Il se colla à la paroi de façon à ce qu'en ouvrant la porte, elle ne le vit pas. Moins de trois minutes plus tard, elle arriva. La serrure crochetée lui offrit un peu de résistance avant de céder. Il l'entendit jurer. Du moins, c'est ce qu'il imagina, car elle parlait dans sa langue maternelle.

Enfin, elle entra, mais marqua un temps d'arrêt avant de s'engouffrer complètement dans l'espace réduit. Il craignit un instant qu'elle ne fasse demi-tour.

— *Het stinkt hier !*[1]

Elle entra sans fermer la porte et se dirigea vers la petite armoire sous l'évier.

Alors, il attaqua.

Refermant la porte brutalement, il se jeta sur elle et la bascula sur le lit. Elle voulut hurler, mais déjà une claque magistrale lui dévissait la tête. Elle rua, tentant de se libérer du corps qui s'appesantissait sur elle. Une main se posa sur son cou tel un étau, tandis qu'il lui imposait de se taire.

— Si tu cries, je te tue !

Mais Linda n'était pas décidée à se laisser faire. Tout en le regardant droit dans les yeux, elle se cabra et tenta un autre cri. Dans son regard, il ne vit pas de terreur, mais de la haine et du dégoût, ce qui décupla sa fureur et son envie. Il resserra l'étau de sa main et le cri se termina en gargouillis. De sa main libre, il déchira sa petite culotte, se libéra et la pénétra brutalement. Le regard changea. Maintenant, il y lisait la peur et la douleur. Alors, il lui enserra le cou de ses deux mains et serra de plus en plus fort jusqu'à ce que le plaisir s'infiltre dans son ventre envahissant tout son corps. L'onde de choc le submergea et c'est lui qui cria.

Quand il retrouva ses esprits, Linda n'était plus qu'une chiffe molle sur laquelle il était affalé.

Il se recula déjà beaucoup moins perturbé que devant le corps de Sarah. Cette fois, il en était sûr et certain, il avait trouvé le chemin de la jouissance extrême.

---

1. En néerlandais : Ça pue ici !

Restait à se débarrasser du corps quelque part. Il n'avait pas envie d'avoir des ennuis. Il laissa le corps sur le lit et borda la malheureuse comme si elle dormait profondément.

Il sortit du combi, jeta un œil autour de lui. Tout était silencieux, personne à l'horizon. Il ouvrit le capot et remis la cosse en place. Il savait ce qu'il allait faire. Il se mit au volant sans apercevoir le rideau qui retombait dans le superbe camping-car garé plus loin.

****

# CHAPITRE 19

*Nuit de lundi à mardi*

J'avais abandonné les médecins à vingt heures, sans aucun résultat. De son côté Jumet avait épluché le TAJ (traitement des antécédents judiciaires) qui regroupait maintenant le STIC de la Police nationale et le JUDEX de la Gendarmerie nationale. Autrement dit, un fichier des mis en cause, qu'ils soient coupables ou victimes. Dès 2016, ce fichier contenait les noms de plus de quinze millions de personnes.

Il avait recherché tous les proches de Sarah sans résultat, si ce n'est des broutilles.

Ensuite, il avait interrogé le FIJAISV, le fichier judiciaire automatisé des auteurs d'infractions sexuelles et violentes. Mais un simple ADN ne suffisait pas. Ce fichier était destiné à suivre les personnes condamnées au moins une fois pour pouvoir les localiser à tout moment. Ce n'était vraisemblablement pas le cas de notre bonhomme.

Bricart, lui, avait recensé les plaintes pour viol à domicile sur tout le territoire. Il y avait de quoi faire.

À vingt et une heures, nous jetâmes l'éponge et décidâmes d'aller manger un morceau. Renard nous conseilla d'aller *Chez Jo & Jack*, avenue de la Mer. Nous y trouvâmes un accueil chaleureux, une ambiance conviviale et un vrai bon repas. Nous nous lâchâmes sur une planche apéritive, suivie de poisson pour mes collègues et d'un magret pour moi. Quant au dessert gourmand, il nous apporta un peu de douceur dans ce monde de brutes qu'est celui dans lequel nous vivons.

Nous rentrâmes à la gendarmerie aux alentours de vingt-trois heures. À trois heures, nos téléphones sonnèrent simultanément.

Renard expliqua la raison de son appel d'une voix encore ensommeillée.

Lundi, au petit matin, une camionnette avait été repêchée au pont de Bénouville, élément déjà en sa possession puisque sa brigade était intervenue. Une jeune Hollandaise s'était fracassé la tête contre son volant. Dans l'espoir de la secourir vivante, des pompiers envoyés sur les lieux n'avaient pu que constater le décès. La récupération du corps et du véhicule fut difficile. À midi quand enfin véhicule et occupante furent remontés, un légiste avait signé le certificat de décès. Jusque-là, l'affaire avait été classée comme accident. Le corps avait été transporté à la morgue en attendant son rapatriement en Hollande. À partir de là, de nouveaux éléments s'accumulèrent.

Le jeune légiste travaillant sous la houlette de Chauvin eut des doutes sur la cause du décès. Il fit appel à son patron vers dix-sept heures qui ne pu donner suite qu'à vingt heures.

— Que se passe-t-il ?

L'interne expliqua son sentiment.

— J'ai un doute sur les causes de la mort.

— Pourquoi ?

— Eh bien… Elle est défigurée, ce n'est pas facile…

— Mais encore ?

— Pour la jeune Sarah, d'après ce que j'ai entendu hier, le meurtrier a emporté un nœud du pyjama. C'est bien ça ?

— Oui. Et ?

— Sur place, je n'ai rien vu. Comme je l'ai déjà dit, elle s'est encastrée dans le volant et son visage n'est plus qu'une plaie. Mais en la mettant dans le frigo, j'ai tiré sur sa robe, pour plus de…

— Pudeur ?

— C'est ça. J'ai vu du sang dilué sur ses cuisses. Sa culotte est déchirée. Et puis sa robe a été découpée.

— Comment ça ?

— Comme si on avait pris des ciseaux et qu'on avait coupé un petit carré de tissu au niveau de l'ourlet.

Chauvin avait fait sortir le corps et pour vérifier les dires de son confrère.

— Tu as raison. C'est plus que douteux.

Les techniciens étant rentrés chez eux, les deux hommes entreprirent une étude plus approfondie du cadavre.

L'examen du cou, malgré les blessures, s'était révélé payant.

— Je parierais qu'elle a subi une asphyxie traumatique. Regarde ces traces. Il s'agit d'hématomes laissés par les mains du tueur. On va faire des radios. Avant cela, je vais jeter un coup d'œil sur ses parties génitales. Si tu as raison, il faudra prévenir Lambert…

— L'expert ?

— C'est ça. C'est lui qui travaille avec la cellule de crise.

— Pourquoi ? Ils ne font pas confiance ?

Chauvin haussa les épaules.

— Je n'irai pas jusque-là. Mais c'est spécial. Ce gars est dangereux et le juge a décidé, alors…

L'examen génital, même superficiel, ne laissa aucun doute au médecin-chef.

— Bravo pour ton sens de l'observation, dit-il à son interne. Sans toi, on passait à côté. J'appelle Lambert. Pendant ce temps, déshabille-la et mets la robe et ses sous-vêtements sous scellés après avoir relevé un maximum de particules : fibres, cheveux, poils, tout ce que tu trouves. Ils partiront au labo demain matin. Ah ! N'oublie pas de tout photographier avant de les emballer. Il y a eu des photos de faites sur les lieux de « l'accident » ?

— Je suppose. Il y avait forcément les gendarmes et les pompiers. C'était spectaculaire, alors…

— Dès que je reviens, on entame les prélèvements externes. Surtout, tu ne la laves pas !

De son bureau, Chauvin appela Lambert. Il était tard et le légiste mit un certain temps à répondre. Quand enfin, il l'eut en ligne, il lui expliqua ce qui se passait. Lambert n'hésita pas.

— Je serai là dans deux heures. En attendant, préviens l'équipe, qu'ils viennent sur place.

— Au milieu de la nuit ?

— On voit que tu n'as pas l'habitude des grands criminels ! Il n'y a pas d'heure ni pour eux ni pour ceux qui sont là pour les arrêter. Ça ne va pas les perturber.

— J'entame les prélèvements externes ?

— Vas-y. J'ai confiance en toi. Par contre, surveille bien ton interne !

— Sans lui…

— J'ai compris. Je saurai m'en souvenir.

C'est ainsi que je me retrouvai somnolente dans la voiture de gendarmerie conduite par Renard qui m'amena au milieu de la nuit à la morgue. Mes collègues avaient décrété que Lambert et moi serions assez qualifiés pour décider du bien-fondé de prendre l'enquête à notre compte. En temps normal, ils évitaient la morgue comme la peste. Au milieu de la nuit, il n'était pas question de l'envisager s'ils pouvaient faire autrement. Fataliste, je m'étais retrouvée portée volontaire.

En sortant du périphérique, Renard se dirigea directement vers les urgences.

— Tu ne vas pas à la morgue ?

— Si, mais on va entrer par le côté. La nuit, la porte principale est fermée et puis c'est plus court.

Il longea une large avenue et s'arrêta près d'une porte un peu en retrait marquée « chambre funéraire ».

Il sonna et un homme vint nous ouvrir. Sans doute un préposé dont le boulot variait entre gardien de nuit et accueil des familles.

— Il garde les corps, expliqua Renard. Il est arrivé qu'on tente de voler des organes, ou pire que des nécrophiles essayent de satisfaire leurs caprices.

— Ici ? demandai-je choquée.

— Comme partout. Il y a des tarés partout.

Après avoir remercié le gardien, nous dépassâmes un salon réservé aux familles, puis les salles de recueillement. Nous nous enfonçâmes dans les couloirs menant à la morgue proprement dite. Je retrouvai le côté médical de la mort et cela me pesa moins lourd que d'imaginer des familles en pleurs à côté de l'un des leurs.

Renard proposa de m'attendre dans le couloir quand nous arrivâmes devant la salle d'autopsie. Je passai par les vestiaires, m'équipai et entrai. Lambert, Chauvin et un troisième homme officiaient.

— Ah Laura ! Content que tu sois là, me salua Lambert. Nous allons pouvoir commencer. Le docteur Régnier ici présent va te résumer les circonstances de la découverte de ce corps et ce qui l'a amené à se poser des questions. Tu en concluras toi-même que cette jeune femme est pour toi.

— Bonjour. Appelez-moi Romain, sourit le jeune homme qui, en dehors du fait qu'il m'avait fait tirer du lit à trois heures du matin, était plutôt sympathique.

Il me raconta ce qui était passé dans un premier temps pour un accident, le décès de la conductrice, le fait que sur place, il ne s'était pas posé de questions jusqu'à l'arrivée du corps à la morgue. C'est en voulant le rendre plus présentable qu'il avait relevé des anomalies graves. Il avait fait appel à son supérieur qui avait confirmé. Lambert avait été mis dans le coup et par conséquent, nous aussi.

Je constatai de visu que la robe avait été découpée et non déchirée dans l'accident. Cela me conforta dans l'idée que le violeur avait besoin d'emporter un petit souvenir de sa victime. Un trophée discret et facilement camouflable qu'il pouvait cacher n'importe où sans trop de risque de se faire démasquer. Le sang sur la culotte déchirée ne laissait aucun doute sur le sort qu'elle avait subi. Par principe, je demandai :

— Pas de règles ?

— Non, rien de ce genre, dit Chauvin.

Régnier enchaîna :

— Les scellés de ses vêtements partiront à la scientifique demain matin. Les prélèvements externes sur les vêtements et sur le corps ont été faits.

Lambert confirma.

— Toutes les radios aussi. Viens voir.

Nous nous dirigeâmes vers la table d'autopsie. La jeune femme qui y reposait était plus âgée que Sarah. Je lui donnai environ vingt-cinq ans. Blonde, de type nordique, je ne doutai pas un instant que ses yeux avant d'être voilés par la mort fussent bleus. Elle était grande, élancée, musclée. Le corps avait souffert. Les hématomes sous-cutanés étaient nombreux.

— Sur le cou, les hématomes sont visibles à l'œil nu et témoignent de l'étranglement.

— Elle s'est défendue ?

— Sans aucun doute. Les traumatismes en témoignent. Il l'a giflée avec une force peu commune. Sa mâchoire est fracturée et son nez cassé.

— Cela ne provient pas de l'accident ?

— Le choc qui a fracturé la mâchoire est latéral, or elle a pris le volant de face et on devine l'éclatement de petits vaisseaux sanguins. Quant au nez cassé, pour moi, un bon coup de poing en est la cause.

— Notre théorie, dit Lambert, est que dans l'ordre, il l'a tabassée, sans doute pour qu'elle ne crie pas, puis violée et étranglée. Ces deux éléments sont sans doute concomitants.

— Je suis d'accord, dis-je. Il doit éprouver une jouissance plus intense quand il étrangle sa victime en même temps qu'il la viole. Il a le pouvoir. Il l'a découvert avec Sarah. J'étais certaine qu'il recommencerait, mais je ne pensais pas que ce serait aussi vite. Ça craint. Si les analyses ADN confirment que c'est bien le même homme, on a intérêt à se bouger. Sinon, cela va être une hécatombe.

Un silence de plomb s'abattit dans la salle. Nous n'avions aucune envie de trouver sur cette table tous les deux jours une nouvelle victime.

— Bon, soupira Lambert. On commence l'autopsie ?

****

## CHAPITRE 20

L'autopsie n'avait fait que confirmer ce que nous supputions. La différence était que cette fois, le vagin, l'utérus et les trompes contenaient du sperme.

— Il ne se donne même plus la peine de se protéger, marmonna Lambert.

— Il doit bien se douter que nous avons trouvé son ADN chez Sarah. Mais il doit aussi être suffisamment averti pour savoir qu'avec un ADN seul, on ne va nulle part. Il se sent sûr de lui. C'est ce qui le mènera à sa perte, dis-je.

— Oui, sans doute. Mais après combien de morts ?

Je haussai les épaules. La Scientifique avait fourni un maximum d'éléments. Nous ne pouvions plus compter que sur nous-mêmes.

Il était six heures quand Régnier entreprit de recoudre le corps. Depuis longtemps, Renard était reparti pour Ouistreham. Lambert m'accompagna dans une salle de repos où il me proposa de dormir un peu.

— Ta journée n'est pas finie ! Récupère. Si tu n'es pas réveillée dans deux heures, je viendrai te secouer !

Cela se passa ainsi. Je dormais comme un bébé quand il vint me chercher.

— Tes collègues sont arrivés.

— Jumet à la morgue ? Il est malade ?

— Juste au bureau, je te rassure !

— Je comprends mieux !

Je passai par un vestiaire où je pus prendre une douche rapide. L'eau sentait le désinfectant, mais c'était toujours mieux que d'avoir l'impression de garder sur soi l'odeur fétide de la mort. Je retrouvai tout le monde, y compris les légistes caennais, dans une salle de réunion sise à côté du bureau du médecin-chef. Renard était revenu avec mes collègues. Café, thé et croissants étaient de sortie. Ils furent les bienvenus.

Tout en mangeant, nous envisageâmes la suite des événements.

— Explique, dit Jumet au commandant après que les légistes aient résumé le rapport d'autopsie et annoncé l'heure probable de la mort après étude du bol alimentaire et des différents paramètres.

— Elle est morte entre minuit et deux heures.

Renard enchaîna :

— Hier matin, lundi, un homme sortait son chien à l'aube sur le chemin de halage qui borde le canal de Caen à la mer, à Bénouville. Au niveau du pont, il y a un café. Il est parti de là et s'est dirigé vers le nord, rive gauche du canal. Il a fait une centaine de mètres quand il a aperçu le combi immergé jusqu'aux portières, mais de l'autre côté du canal. Il n'a pas de portable. Il a filé au café et a tambouriné jusqu'à ce qu'on lui ouvre. Il a appelé le 17. On est les plus proches à six kilomètres. La brigade de service s'est rendue sur place en compagnie des pompiers. Le corps a été sorti. Le légiste a constaté le décès et est parti avec. Point barre. Quand j'ai été informé, pour moi, il s'agissait d'un banal accident de la route. Pas si banal que ça d'ailleurs, mais j'étais à mille lieues de faire un rapprochement avec le cas qui nous intéresse. Je n'avais aucun élément allant dans ce sens quand le légiste a appelé ce matin.

— Personne ne te reproche rien, le rassura Jumet.

— Voici le rapport d'accident. La conductrice s'appelait Linda Vanhallen. Hollandaise, domiciliée à Utrecht. Née le 16 décembre 1995. Vingt-deux ans.

Je n'étais pas loin dans mon estimation.

— Le nécessaire est fait pour prévenir la famille. Elle conduisait un combi VW de 1979, bien retapé et transformé en camping-car.

— Une routarde ?

— J'ai l'impression. L'arrière était décoré d'autocollants de différentes villes d'Europe.

— C'est un peu cliché, mais une Hollandaise qui voyage seule… Elle ne devait pas avoir froid aux yeux, remarqua Jumet.

— J'en reviens à l'accident, ou ce qui apparaît comme tel. Le combi aurait pris la rue Major-John-Howard, une petite route parallèle au canal qui va au Memorial Pegasus. À peu près en face de l'entrée, sur la gauche, il y a une allée qui dessert quelques maisons. C'est de là que le combi est tombé dans le canal. On a d'abord pensé qu'il pouvait être parti en roue libre, frein à main non serré par distraction par exemple, mais par rapport à la profondeur de l'eau et la partie recouverte, il a forcément été lancé à grande vitesse. J'ai aussi demandé les bandes des caméras de surveillance du pont et du musée.

— De toute façon, c'était anormal, commenta Bricart qui en tant que major trouvait que le cas avait été traité un peu à la légère.

— Cela aurait pu être un suicide, rétorqua Renard. Mes hommes explorent les pistes avec ce qu'on a comme éléments. À leur décharge, ils ne pouvaient pas imaginer…

— Ça va. On continue.

— Il a fallu faire venir une grue pour sortir le combi de l'eau. Il a été emmené à la fourrière.

— Donc à part les pompiers, personne ne l'a fouillé ? demandai-je.

— Pas à ma connaissance.

— Il faut le faire transférer au labo. Ménard va éplucher ça.

— Après le séjour dans l'eau, peu de chances de trouver quelque chose, supputa Renard.

— Des traces biologiques peut-être pas, mais on s'en fout, on a ce qu'il nous faut. Par contre, dans un combi, il y a un tas d'objets. Peut-être que l'un d'entre eux pourra nous mettre sur une piste. Il faut maintenant savoir où il a repéré Linda. Tiens deux noms en « a ». Tu crois que ça peut avoir un rapport ? me demanda Jumet.

— Avec un type comme ça, rien n'est à exclure, dis-je. Mais je crois plutôt que c'est le physique de la femme qui l'attire. Élancée, blonde, yeux bleus.

— Celle de Limoges était comment ?

— Euh… je n'en sais rien, se reprocha Bricart. Dès qu'on sera au bureau, je l'appelle.

— Il faut savoir où était stationné ce combi avant de se retrouver à la flotte. Il y aura peut-être des témoins oculaires.

— C'est en cours, dit Renard. J'ai des hommes sur le terrain qui feront le tour des aires de camping-car dans la région à partir de huit heures.

Il regarda sa montre :

— À partir de maintenant donc. On ne devrait pas tarder à savoir. À moins qu'elle ne se soit garée à la sauvage… parce que l'aire est quand même à dix euros la nuit, pour une routarde, cela peut être cher.

Son téléphone sonna au même instant. Il écouta avec attention et leva le pouce d'un air vainqueur.

— On a quelque chose. Elle était bien sur l'aire officielle de Ouistreham. Et on a un témoin.

— On y va, décréta Jumet.

Nous étions déjà debout. Trois minutes plus tard, nous démarrions en fanfare.

Sirènes et gyro, un quart d'heure après, nous pénétrâmes sur l'aire située en retrait de la route, entourée d'arbres et de buissons formant une haie protectrice et dominée par la cheminée du ferry qui attendait l'heure de partir vers l'Angleterre. La patrouille poireautait à côté d'un camping-car tout neuf et de bonnes dimensions. Un autre gendarme avait entrepris de dérouler une rubalise autour d'une place de parking actuellement vide. Un peu en retrait, tout près des buissons et des arbres qui délimitaient l'espace réservé au parking.

Le vent se levait et la température chutait. Les joies de la météo en Normandie. Nous étions passés de la tempête au grand beau temps, mais une nouvelle dépression avait l'air de s'annoncer. Je m'approchai de l'espace vide, alors que les autres commençaient par les témoins.

Le gendarme de faction me salua d'un geste très militaire et expliqua :

— D'après les occupants du camping-car voisin, le combi était garé ici.

Je tiquai sur le mot voisin. Il y avait bien une dizaine de places libres entre les deux emplacements.

— Personne entre les deux ? demandai-je.

— Non, madame. Ce n'est pas encore la pleine saison. Et puis…

— Exprimez-vous, gendarme !

— Eh bien, comme vous le voyez, le ferry est juste derrière. Il y en a un qui part de nuit. Les moteurs sont bruyants, cela dérange les campeurs qui se plaignent d'être réveillés. De plus, les migrants rôdent. Bien sûr, ils visent plutôt les camions, mais pourquoi pas un camping-car qui partirait vers l'Angleterre. Du coup, les gens ne sont pas rassurés. Il y a moins de monde. Mais gardez ça pour vous. Je n'ai pas à donner mon avis.

— Ne vous inquiétez pas.

Jumet me faisait des grands gestes :

— Viens ! C'est intéressant.

— J'arrive, dis-je en faisant signe au gendarme de ne pas bouger.

— On revient !

— Pas de problème, madame.

Je rejoignis mes collègues. Ils se tenaient dans l'entrée du camping-car qui, tout en étant spacieux, avait pris des airs de boîte à sardines avec trois flics de bonne taille à l'intérieur.

La propriétaire, une dame à qui j'attribuai soixante-dix printemps, décida :

— Asseyez-vous autour de la table ! Ce sera plus facile pour tout le monde.

Son mari, sans doute un peu plus âgé, sans un cheveu, mais à l'allure encore altière, préparait du café. Nous fûmes servis d'office et, après les présentations, l'interrogatoire put commencer.

— Nous sommes là depuis deux jours, expliqua madame Leborgne. Nous venons de Bretagne. De Plouneour-Menez pour être précis.

Fière de ses racines la petite dame.

— Nous avons décidé de faire un tour de Normandie. L'époque n'est plus à la rivalité entre Bretons et Normands, n'est-ce pas ?

— Venons-en au fait, intima Renard.

— Oui, oui, bien sûr. Quand nous sommes arrivés, le combi orange était déjà là. Nous nous sommes garés assez loin, parce qu'avec ce genre de voiture, c'est souvent des babas cool et on voulait la paix.

— Bien sûr.

— Mais on ne voulait pas être trop isolés non plus à cause des… rôdeurs.

— Nous faisons des rondes, se rebella Renard. Mais bon, continuez.

— Il s'est avéré que c'était juste une jeune femme qui dormait là-dedans. Elle ne nous a jamais dérangés, hein Henri ?

Henri acquiesça. J'eus l'impression qu'elle menait la conversation et qu'il avait appris à se taire. Pas d'ennuis surtout !

— Par contre, elle avait des copains. Beaucoup de copains, dit-elle d'un air entendu.

— Vous voulez dire qu'elle couchait avec des hommes différents ? demandai-je abruptement.

— Je n'ai pas dit ça, mais…

— Mais c'est ce que vous pensez, compléta Jumet. Pourquoi ?

— Eh bien, le samedi en arrivant le soir, nous avons fait un tour à la plage et elle était avec toute une bande. Le soir, elle est rentrée seule et j'ai trouvé ça bien.

Puritaine la mamie. Je me demandai comment elle agissait à vingt ans. Vierge sage en attendant le mariage ou hippie débridée, soixante-huitarde ?

— Mais, continua-t-elle, le dimanche en fin d'après-midi, elle a ramené un type. Un maître-nageur, je crois. Elle l'avait vu à la plage.

— Ensuite.

— Les deux sont repartis dans la soirée. Nous avons fait un barbecue, regardé la télé et puis, nous nous sommes couchés.

Pas la peine de partir en vacances si c'est pour faire la même chose qu'à la maison, pensai-je.

— Puis, le ferry a mis ses moteurs en route. Il part à vingt-trois heures. Cela m'a réveillée. Pas Henri. Il dort comme un bébé. J'ai tourné, viré, puis je me suis levée vers minuit et demi. À un quart d'heure près, je ne suis pas sûre. J'ai voulu regarder dehors et j'ai vu un autre homme. Il rentrait dans le combi. D'ici on aurait dit qu'il avait une clé, mais il a chipoté pour ouvrir. Un instant, j'ai eu peur que ce soit un voleur. Je pense qu'elle n'était pas arrivée, mais il a fait comme chez lui. Il attendait de toute évidence. Puis je suis retournée me coucher. Mais je n'arrivais pas à dormir. Je me sentais inquiète. Quand je me suis relevée, le combi démarrait. Il devait être une heure environ.

— Vous pouvez décrire cet homme ?

— Il faisait nuit, vous savez. La chose dont je suis certaine, c'est qu'il était grand. Mais qu'est-ce qui est arrivé ?

— Un accident de voiture, répliqua Renard. Les vêtements, la couleur de peau ?

Jumet lui fit un signe discret. C'était une vieille dame, pas un suspect. Pas question de la brusquer.

Mais elle semblait ravie au contraire. Être au cœur d'une enquête devait la rendre intéressante à ses propres yeux.

— Un blanc, j'en suis sûre. Sa tête tranchait avec ses vêtements foncés. Sinon, un pantalon et un blouson. Sinon… Vous savez de nuit, à mon âge…

Nous remerciâmes. Nous avions un tout petit élément de plus.

****

# CHAPITRE 21

Un gendarme était fidèle à son poste devant l'emplacement vide vers lequel nous nous dirigeâmes.

Nous en fîmes le tour avec une grande attention.

— Là, dit Bricart. Regardez ces traces sur le macadam.

Il y en avait effectivement. Deux parallèles, comme si on avait tiré quelque chose. C'était récent.

— Il faudrait savoir dans quel sens était garé le combi, décréta Jumet. Je vais demander aux vieux.

Pendant ce temps, j'observai les environs. Sarah avait été espionnée, j'en étais certaine. Pour Linda, ce devait être la même chose. Il s'était planqué quelque part pour observer la jeune Hollandaise. Mais où ? Le parking en lui-même n'offrait pas de possibilités. Il était ouvert à tout vent et la présence d'autres camping-cars, même lointains, représentait un risque énorme de se faire repérer. N'importe qui pouvait arriver ou partir à n'importe quel moment. Par contre, les alentours présentaient une multitude de cachettes. L'aire de stationnement était entourée d'arbres plus ou moins hauts et de buissons touffus. Je m'éloignai des hommes qui discutaient et me faufilai sous les frondaisons. Le combi avait été garé dans un angle. Je fouillai dans la première partie sans rien trouver de très concret. Quelques papiers, des bouteilles abandonnées, déchets qui pouvaient avoir été laissés par n'importe qui. Je les ferais quand même ramasser au cas où. Puis, je m'avançai dans la deuxième bordure formant l'angle. Rien non plus. Je fus déçue. J'avais espéré trouver un je-ne-sais-quoi, un indice quelconque. Mais non. Rien. Mon instinct me disait que notre homme s'était caché là. Il devait avoir une vue imprenable sur le combi, sans aucun obstacle pour lui cacher l'objet de son fantasme. Car, j'en étais sûre, le combi devait s'être garé de façon à ce que la porte latérale donne du côté des arbres et non sur le parking. Moi, c'est ce que j'aurais fait. Histoire d'avoir un peu d'intimité.

Le retour de Jumet confirma ma déduction.

— Donc, fit-il, s'il est garé ainsi, l'avant vers les frondaisons. Le moteur étant à l'arrière sur ce genre d'engin, les traces mènent au moteur. Il pourrait s'être glissé sous la voiture pour la saboter, par exemple.

— Impossible, remarqua Renard. Il a roulé avec après le meurtre. À moins qu'il l'ait tuée à Bénouville.

— Pas bête, rétorqua Bricart ignorant la remarque de son collègue. Il démonte un truc simple, cosse ou même bougie et il est certain qu'elle ne peut pas partir. Il peut l'espionner à son aise ou intervenir si elle a besoin d'aide. Quand il a besoin du véhicule, il répare et s'en va avec. C'est possible. Tu as trouvé quelque chose sous les buissons, Laura ?

— Un tas de choses. Mais rien de probant. Juste un sentiment. Je suis persuadée qu'il s'est planqué là, mais je ne peux pas le prouver.

— C'est la logique même, me conforta Jumet. Je propose qu'on aille au poste de secours. Il faut trouver le maître-nageur. On le ramène à la gendarmerie et on en tire tout ce qu'on peut.

— Il faut le faire bien sûr et qu'il nous donne le nom des autres de la bande. Mais je suis certaine que le tueur n'en fait pas partie. Avec son syndrome, il doit être socialement inadapté. Quel groupe accepterait d'avoir parmi eux un homme qui répand une odeur pestilentielle ?

— Aucun sans doute, approuva Bricart. Mais peut-être ont-ils remarqué quelque chose.

— Le poste principal est au bout de l'esplanade. Allons-y.

Un quart d'heure plus tard, nous nous trouvions devant l'archétype du sauveteur en mer. De quoi faire rêver toutes les gamines de la plage. Il n'avait pas été difficile à trouver, il était de garde ce mardi.

Il salua notre équipe de façon décontractée. Un garçon qui avait la belle vie et la conscience tranquille.

Renard attaqua :

— Bonjour. Vous êtes ?

— Brice Gautier. Pourquoi ? Il y a un problème ?

En plus, il s'appelait Brice, ce qui m'arracha un sourire déplacé, vu les circonstances.

— Connaissez-vous Linda Vanhallen ?

— Oui. La Hollandaise. Qu'est-ce qui se passe ? Elle a porté plainte ? C'est elle qui voulait. Elle m'a presque harcelé pour que je couche avec elle.

Jumet, que ce genre de personnage trop sûr de lui avait le don d'agacer, se fit abrupt.

— Mlle Vanhallen est morte. Violée et assassinée. Que faisiez-vous la nuit de dimanche à lundi entre minuit et deux heures ?

La surprise de Brice ne pouvait pas être feinte. Ou alors il méritait l'Oscar du meilleur comédien.

— Quoi ! Qu'est-ce que vous dites ?

— Répondez à la question.

— Je… Je dormais. On fait la bringue le week-end et seulement si je ne suis pas de service, mais en semaine, non. Enfin, l'été parfois si. Mais dimanche soir, non. Je vous jure. D'ailleurs j'habite chez mes parents. Vous pouvez leur demander…

— On le fera. En attendant, vous allez nous suivre à la gendarmerie. On a quelques questions à vous poser.

Le beau Brice fut emmené discrètement, de façon à ne pas perturber le monde qui se baladait sur la plage et l'esplanade. Il suivit sans rechigner. Nous lui avions expliqué qu'en cas de résistance nous n'hésiterions pas à lui passer les menottes, ce qui serait très mauvais pour son futur.

Quand nous arrivâmes à la gendarmerie, il fut installé en salle d'interrogatoire. D'un commun accord, nous décidâmes de le laisser mijoter une petite demi-heure. Histoire de rabattre sa superbe.

Jumet en profita pour appeler Ménard. Le combi avait été livré au garage de la police scientifique. Ménard et Pasquier s'y attelaient. Ambre, pour sa part, traitait les échantillons relevés sur le corps et les vêtements.

Les bandes des caméras de surveillance du pont de Bénouville et du musée étaient arrivées. Nous prîmes la décision de les visionner avant d'interroger le maître-nageur.

Renard s'installa aux commandes du lecteur tandis que nos yeux se rivaient sur l'écran mural déroulé pour la circonstance.

— Ce sera plus clair ainsi, avait décrété le commandant.

Il appuya sur marche, choisissant de regarder d'abord la bande qui couvrait le côté nord, celui en provenance de Ouistreham. La route et le Pegasus Bridge apparurent. Comme il ne se passait rien à l'écran, je laissai mon esprit vagabonder dans l'histoire.

— Vous connaissez l'histoire de ce pont ? demandai-je à mes collègues.

Renard connaissait, Bricart en tant que Caennais aussi. Jumet se doutait bien que le pont avait été un point fort du Débarquement, mais sans plus. J'expliquai rapidement :

— Pegasus Bridge n'est pas son nom d'origine. Il a été baptisé ainsi en l'honneur des parachutistes britanniques dont l'emblème est le cheval ailé Pégase.

— Ceux-là mêmes qui ont libéré le pont, j'imagine.

— Tout à fait. La nuit du 5 au 6 juin 1944, trois planeurs britanniques ont réussi à se poser à une cinquantaine de mètres du pont sans se faire repérer par les Allemands. À la tête des paras se trouvait le major Howard. Ils ont pris le pont. C'est le premier objectif libéré et ce sont les premiers alliés à fouler le sol français.

Renard ajouta :

— Mais le pont que tu vois là n'est pas l'original. Celui-ci est au musée. Tout près de l'endroit où le combi a plongé. Tu sais qu'il se lève pour laisser passer les bateaux qui vont ou viennent au port de Caen. Même des cargos. C'est impressionnant. Là, regardez !

La leçon d'histoire s'interrompit quand le combi orange de Linda apparut sur le bitume. Il n'y avait aucune circulation. Le time code indiquait 1 : 40. Le combi traversa le pont à toute allure et tourna à gauche dans la rue du musée. On le perdait de vue.

— On va le retrouver avec les caméras du musée, affirma Renard. Mais en attendant mon coco, tu vas nous montrer ta gueule de salopard !

Il fit un retour arrière jusqu'au moment où le combi apparaissait à l'image. Quand il fut plein cadre, il zooma sur le pare-brise. Une chance pour nous, il n'y avait pas de voiture en face, donc pas de reflet de phares. Une seule personne était visible. Un homme, pas de passager. Il zooma encore. Mais de nuit, l'image n'était vraiment pas nette. Il manipula quelques boutons, joua avec les contrastes et la lumière. Cette fois, un visage se matérialisa. Flou, mais reconnaissable.

Il s'agissait bien d'un homme blanc. Il avait les cheveux rasés, un nez fort et des pommettes saillantes. Ses yeux dont on ne pouvait distinguer la couleur étaient enfoncés dans les orbites, se limitant à deux fentes.

— Pas terrible comme image, mais si on tombe dessus, on devrait pouvoir le reconnaître, estima Jumet. Tu peux imprimer ?

— Pas de problème.

— Bon travail, commenta Bricart.

J'approuvai. La photo sortit de l'imprimante. Je la contemplai longuement. L'homme était concentré sur sa route à moins que ce ne soit sur la suite programmée des événements.

— On passe au reste ? proposa Renard pas peu fier de son travail.

Il passa les images de la caméra de surveillance du musée. Elles ne nous apprirent pas plus que ce que l'on savait déjà. Le combi s'engageait dans la rue Major-Howard et tournait à gauche dans l'allée menant au canal. La caméra, faite pour surveiller l'entrée du musée, n'avait rien enregistré de plus. La mise à l'eau du combi s'était passée trop loin de son objectif.

Cette fois, nous avions quelque chose de concret. Avec cette photo, notre tâche allait s'avérer plus facile. Du moins nous l'espérions.

Le temps avait passé plus vite que prévu et Brice se faisait du mouron dans la salle d'interrogatoire quand Bricart et Jumet le rejoignirent. Je restai avec Renard du côté pile de la vitre fumée pour suivre la conversation.

— Tu t'appelles Brice Gautier. Ta date de naissance et ton adresse ?

— Le 18 mai 1990 à Caen. Je suis étudiant en médecine. J'habite chez mes parents, boulevard Maréchal-Joffre. C'est plus économique.

— Connais-tu cet homme ? demanda Jumet en claquant la photo du suspect sur la table.

Brice regarda la photo de près.

— Non, jamais vu.

— Très bien. Parle-nous de ta petite bande.

Il expliqua. Rien que de très banal. *Alerte à Malibu*, façon normande. Des maîtres-nageurs qui attirent les filles, leurs copains qui se mêlent aux sorties, la fête, la boisson, mais raisonnablement à cause du boulot, et chaque fois que possible une aventure avec une fille pas trop farouche.

— Des coups d'un soir, précisa-t-il. Je ne veux pas me fixer.

— Et Linda ? demanda Bricart un peu agacé.

— Elle est arrivée sur la plage. Elle était belle, on s'est parlé. Voilà, c'est tout.

— Mais vous avez couché ?

— Pas tout de suite. Enfin, pas comme vous l'entendez.

— Explique-toi.

— On a fait une première soirée samedi, mais j'étais déjà sur un coup, alors j'ai laissé filer. Un copain a tenté sa chance, mais il s'est fait rembarrer.

— Le nom du copain ?

— Louis Verneuil. Il est clean. Un gentil garçon. Je le connais depuis l'école primaire. Il ne ferait pas de mal à une mouche.

— Tu vas nous donner la liste de toute ta petite bande. Noms et adresses.

— Tous ceux que j'ai, sans problème.

— Et après la soirée, que s'est-il passé ?

— On s'est tous donné rendez-vous dimanche pour une sortie en mer. Elle a accepté. Mon père a un catamaran. Nous sommes partis en mer vers onze heures avec un pique-nique. Linda était là. Très belle en maillot.

Il y eut du regret dans sa voix. Il avait certainement passé sa journée à flirter.

— Au retour, je l'ai raccompagnée au camping-car. J'ai un principe, je ne ramène jamais de fille chez mes parents.

— Encore heureux, ronchonna Renard à côté de moi.

Brice continuait :

— C'est là qu'on a couché ensemble. Elle n'était pas farouche.

— Et ensuite ?

— Je suis rentré pour me doucher. Le soir, on a fait un pique-nique à la plage. Mais elle avait eu ce qu'elle voulait, moi aussi. Nous sommes repartis chacun de notre côté.

— À quelle heure ?

— Vers minuit sans doute.

— Tu n'as rien remarqué de particulier ? Quelqu'un qui la suivait par exemple ?

— Non. Mais l'aire de camping-car et l'appartement de mes parents sont dans des directions totalement opposées. Une fois qu'on s'est quittés, on s'est tourné le dos. Je ne l'ai pas revue et maintenant…

Sa voix sembla contenir un vague sanglot.

— Très bien, on va vérifier tout ça. J'ai besoin de la liste des copains et le numéro d'anneau du bateau. En sortant d'ici, je vais voir tes parents. Toi, tu peux partir, mais tu ne quittes pas la ville.

Je haussai les sourcils et me précipitai dans la salle. Brice avait pu oublier un visage, mais certainement pas l'odeur liée à la triméthylaminurie.

— Encore quelques questions dis-je.

— Si vous voulez, mais…

— Connais-tu, ou aurais-tu remarqué, un homme qui sent mauvais ?

— Pardon ?

— Tu as bien entendu.

— Des gens qui sentent fort, il y en a plein à la plage. Transpiration surtout. Mais bon…

— Je parle d'une odeur de poisson ou de poubelle.

— Un clodo alors ? Non. Je ne vois pas. Mais attendez, maintenant que vous en parlez… Peut-être. Quand on a quitté la plage dimanche soir, j'ai senti les poubelles, je me suis dit que les éboueurs feraient bien de passer avant l'arrivée des plagistes le lendemain matin.

— Tu n'as vu personne au moment où tu as senti cette odeur ?

— Oui. Enfin non. Mais il y avait encore du monde sur l'esplanade.

— Personne que tu connais ?

— Non, madame. De toute façon, je ne connais personne qui pue comme vous le dites. C'est dégueulasse !

Nous le laissâmes aux mains d'un gendarme qui recueillerait les données utiles.

À bientôt seize heures, il était temps pour nous d'avaler quelque chose. Nous ferions un débriefing devant un sandwich. Nous avions à peine commencé à manger que le téléphone de Jumet sonna. Ménard. Il avait un élément important à nous communiquer.

****

# CHAPITRE 22

Nous nous retrouvâmes au garage de la police scientifique. Il se situait dans un hangar à Carpiquet, près de l'aéroport, mais loin des bureaux et du labo qui eux étaient en ville. Pasquier et Ménard étaient en plein démontage de la carrosserie.

— Salut !

— Salut ! Alors qu'est-ce que vous avez trouvé ?

— Beaucoup de choses, dont la majorité ne présente aucun intérêt. Mais…

— Mais ?

— D'après les éléments biologiques que j'ai pu recueillir, Linda Vanhallen a été tuée dans son lit. Les draps portent des traces d'excréments. Sans doute d'urine aussi, mais avec l'eau du canal, cela va être plus difficile. Les excréments par contre sont parlants. Il l'a étranglée et, quand elle est morte, il y a eu relâchement des sphincters. Les draps sont souillés.

— Il la viole, l'étrangle. Elle meurt dans son lit et il décide de se débarrasser du combi et du corps dans le canal. Pour que le tout coule complètement, il aurait dû les balancer du haut du pont, mais c'est bien protégé.

Du coup, il part de la berge, mais le combi ne s'enfonce pas complètement et le promeneur le trouve.

— Vous êtes-vous posé la question de savoir comment il a fait ?

— J'imagine comme dans les bons vieux films, dis-je.

— C'est ça. Mais pas si simple en fait. Vous conduisez et savez qu'il faut un jeu d'équilibre entre la pédale d'embrayage et l'accélérateur pour faire avancer le véhicule.

— Bien sûr.

— Donc, il installe Linda au volant, puis il passe la première et embraye tout doucement. Peut-être à la main ou avec un bâton. Le véhicule avance. Avec la pente, il accélère en arrivant au bord de la berge et notre homme saute. Et en sautant…

Il brandit un sac en plastique contenant une clé.

— Il perd cette clé.

— Comment sais-tu que c'est la sienne ?

— Parce qu'elle était sous la pédale d'embrayage et que le trousseau de Linda se trouvait dans un tiroir du meuble en bois. Et surtout parce que c'est un double fabriqué chez un artisan de Ouistreham. Le porte-clé publicitaire qui y est accroché le prouve.

Jumet qui se voulait pénible insista :

— Mais elle aurait pu…

— C'est une clé d'appartement, Fred. Pas de combi. Tu trouves la porte qu'ouvre cette clé et tu trouves ton tueur.

— On s'en occupe, dis-je. Mais il y a autre chose qui m'intrigue. Pourquoi prendre le risque de conduire jusqu'à Bénouville avec un cadavre à l'arrière ? Il semble bien qu'il l'ait tuée à Ouistreham. Il y a suffisamment de quais et d'eau là-bas pour noyer le combi. Pourquoi se déplacer ?

Renard apporta la réponse :

— Trop surveillé. Le port est quadrillé. Trop de tentatives de passage de migrants. La capitainerie surveille aussi bien le port de pêche que celui de commerce et de plaisance. Des hommes à nous patrouillent, les plaisanciers et les camionneurs ont l'œil. Il se serait fait repérer très vite. Tandis qu'à Bénouville, il n'y a personne la nuit. C'est désert.

— Ce doit être un endroit où il se sent à l'aise, dis-je. Sinon, pourquoi aller là plutôt qu'ailleurs. Peut-être y a-t-il grandi. Je vais me renseigner. Même gosse, avec sa maladie, il ne devait pas passer inaperçu.

— Autre chose Ludovic ?

— Plein d'empreintes, mais toutes plus ou moins effacées, soit par un coup de chiffon, soit par l'eau. Mais on y travaille. On aura bien des empreintes partielles. Sinon, elle aimait les harengs. Elle a tout un stock de conserves « maison » dans l'armoire…

Sur ce, nous quittâmes Carpiquet et rentrâmes avec la précieuse clé. Paris avait rendu son rapport : les relations de Sarah étaient clean à part un peu d'alcool ou de cannabis pour certains. Pas de quoi s'affoler. Mais surtout aucun n'était atteint de cette foutue maladie qu'est le syndrome du poisson pourri.

Les tâches furent réparties :

Bricart s'occuperait de la liste des copains de la plage. Jumet continuerait l'étude des fichiers, quant à moi je préférais le terrain.

Je décidai d'aller voir le serrurier avant de me rendre à Bénouville.

En montant dans la voiture, je cogitai. Notre homme surveillait ses victimes. C'était un point acquis. Les buissons autour du combi représentaient une cachette idéale. Mais pour Sarah ? L'avenue Pasteur était une rue calme et résidentielle, où avait-il pu se cacher ? Derrière un tronc de tilleul ? Cela va bien cinq minutes, mais après ? Il se serait fait remarquer. Ou alors il habitait en face ! Ce pourrait être une bonne solution. Je retournai au bureau et demandai à Renard de faire une enquête de voisinage poussée, maison par maison, appartement par appartement.

Enfin, je pris la route et décidai de passer devant la maison de Sarah. Quelque chose me tarabustait, sans savoir vraiment quoi. Je filai par la place du Marché et m'engageai dans l'avenue Pasteur. Je passai devant des villas, un hôtel magnifique et d'autres villas divisées en appartements de vacances, dont la plupart avaient les volets clos, avant d'arriver aux Farfadets. Je regardai autour de moi. En face de la villa, il y avait un chantier important. Il était barricadé par des tôles empêchant la vue sur le chantier en lui-même. Je quittai l'avenue et allai me garer devant *La Moulerie*, excellent restaurant connu pour sa spécialité de moules. Je revins sur mes pas et examinai les tôles limitant le chantier. De là, on avait une vue imprenable sur la villa qui m'intéressait.

« Voilà un excellent point de vue », pensai-je. Mais les tôles étaient trop hautes pour voir par-dessus et encore fallait-il pouvoir accéder au chantier. À force de scruter les lieux, je finis par découvrir un trou de la taille d'une balle de golf dans la tôle. Tout à fait suffisant pour pouvoir espionner la rue.

— C'est ça ! jubilai-je. Il s'est caché ici et a observé Sarah.

Il fallait que je rentre dans ce chantier. Mais il était plus de dix-huit heures trente et les ouvriers étaient partis, le chantier bouclé. J'en fis le tour, mais ne trouvai aucune possibilité d'y pénétrer de façon conventionnelle. Je tentai une escalade, mais c'était haut et je glissai maladroitement, arrivant juste à me couper à la main et à attirer l'attention d'un promeneur.

— Qu'est-ce que vous faites ? grogna celui-ci méfiant.

— Police, dis-je en brandissant ma carte, ce qui sembla le rassurer. Savez-vous à quelle heure ouvre le chantier ?

— Huit heures. À dix-sept heures, ils sont partis. Au moins on peut dormir tranquille.

— Vous habitez dans la rue ?

— Oui. Et croyez-moi, c'est bruyant. Pourquoi voulez-vous aller là-dedans ?

— C'est une enquête en cours. Je ne peux rien dire.

— Ah oui ! Pour la gamine… Vous devriez faire soigner ça, dit-il en désignant ma main qui saignait. Avec le métal, on ne sait jamais. Vous êtes vaccinée contre le tétanos au moins ?

— Vous êtes médecin ?

— Non, infirmier. Mais soyez prudente.

Je remerciai et retournai à la voiture en emballant ma main dans un mouchoir. Je fis la grimace. Il n'avait pas tort dans ses recommandations.

J'arrivai chez le serrurier alors qu'il s'apprêtait à baisser son rideau de fer. Il ne parut pas ravi de me voir. J'allais retarder l'heure de la délivrance. Je le comprenais. Souvent j'admirais les commerçants qui passent leur vie dans quelques mètres carrés à attendre le client. Quand il y a du monde, cela peut-être amusant et gratifiant, mais lorsqu'il n'y a personne, le temps peut paraître long. Et quand le client arrive au moment de la fermeture, cela peut être rageant. Pour moi qui aimais bouger, un métier pareil aurait été un sacerdoce !

— Désolée. Police. Pardon de vous déranger aussi tard, mais j'aurais quelques questions.

Il soupira, me fit entrer et baissa le rideau derrière moi. Je sortis la clé et lui montrai.

— C'est bien vous qui avez fait ce double ?

— Oui, c'est marqué dessus.

— Évidemment. Vous souvenez-vous pour qui ?

Il me regarda comme une martienne.

— Avez-vous une idée du nombre de clés que je fabrique par an ?

— Euh… non.

— Des centaines et peut-être plus encore. Comment voulez-vous que je me souvienne…

— Je comprends. Mais si je vous montre ceci, dis-je en sortant la photo éditée par Renard.

Il regarda attentivement et fit la moue.

— C'est pas très net. Cela pourrait être n'importe qui.

— Je suis assez d'accord avec vous. Vous conviendrez quand même qu'il s'agit d'un homme. Je peux ajouter qu'il est grand et fort. Mais surtout qu'il dégage une odeur particulière.

Il y eut une étincelle dans ses yeux. Brève, mais réelle.

— Comme ?

— Cet homme est atteint d'une maladie rare qui lui donne une odeur de poisson.

— Ah oui. Je m'en souviens. Je ne l'ai vu qu'une fois. J'ai pensé que c'était un pêcheur ou un poissonnier. L'odeur était forte. Je me suis dit qu'il était mûr pour une douche.

Il jeta un nouveau coup d'œil à la photo.

— Oui, oui, c'est lui.

— Donc, vous avez fait la clé.

— Ben oui, il n'y avait pas de raison de refuser. Pourquoi ?

J'ignorai la question.

— C'était quand ?

— Ouh là. Je ne sais plus. Il y a quelques mois.

— A-t-il payé par carte ? demandai-je en croisant les doigts.

— Ah non, j'en suis certain, parce que le soir en faisant ma caisse, il y avait son billet. On a même plaisanté avec ma femme. On dit que l'argent n'a pas d'odeur, mais que celui-là sentait le poisson. C'est la première fois que ça m'arrivait !

— Très bien. Savez-vous à quoi sert ce genre de clé ?

— Oui bien sûr. C'est une clé qui ouvre une serrure quatre points. C'est pour une porte d'entrée, maison ou appartement.

— Il ne vous a pas donné d'adresse ?

Je ne risquais rien à demander, même si je connaissais la réponse.

— Non désolé. Il n'était pas bavard.

Je remerciai et le laissai fermer boutique. Sans la porte, la clé ne nous servait à rien.

Je jetai un coup d'œil à ma montre. Vingt heures, je ne pourrais plus faire grand-chose ce soir à part faire soigner ma main. Si ! Je pouvais appeler Limoges et demander à Sandrine Louvel d'où son violeur aurait pu l'observer. Je ne serais pas étonnée qu'elle me parle d'un chantier.

****

# CHAPITRE 23

*Mardi soir*

Jumet me gronda comme une sale gosse qui avait fait des bêtises.

— Qu'est-ce qui t'a pris de vouloir escalader cette palissade ?

— Je voulais me rendre compte…

Il regarda la plaie et ronchonna :

— Ça mérite des points de suture. T'es à jour dans tes vaccins ?

— Je… Je n'en sais rien. Un vaccin contre le tétanos est valable dix ans, alors j'ai eu le temps d'oublier !

Il fit appeler un toubib qui arriva un quart d'heure plus tard. J'eus le temps d'apprendre que l'ADN du sperme contenu dans le vagin de Linda correspondait bien à celui trouvé dans les postillons sur Sarah, analyse à l'appui. Ce n'était qu'une confirmation pour moi. Intuitivement, je savais que c'était le même individu. Le physique des victimes le prouvait. D'autre part, deux plaintes aussi avaient été déposées sur la main courante : une mère de famille contre un clochard qui traînait au port de plaisance dimanche, ses enfants s'étaient plaints d'un type qui puait, et un vol de voiture à Bénouville la nuit de dimanche à lundi.

— C'est lui, sans aucun doute. Il a espionné Linda au port et son méfait accompli, quand il a balancé le combi, il fallait bien qu'il rentre de Bénouville.

— Oui, mais rentrer où ?

— Pas loin d'ici je suppose. Mais peu importe. Il était à pied, donc…

Le médecin, un homme d'une cinquantaine d'années aux traits fatigués par les nombreuses heures de consultations nécessaires pour répondre aux besoins de la population, arriva. Pendant qu'il me recousait, je profitai de l'occasion pour lui poser quelques questions :

— Vous exercez à Ouistreham ?

— Oui, depuis vingt ans.

— Très bien. Je peux vous poser une question ?

— Allez-y. Si je peux y répondre…

C'était bien là le problème. Allait-il accepter ?

— Vous avez entendu parler du viol et du meurtre de la petite Sarah Blondiaux ?

— Comme tout le monde. Je lis les journaux.

— Sachez que le meurtrier a fait une autre victime. Une Hollandaise, touriste de passage. D'après nos spécialistes, le tueur est atteint de triméthylaminurie.

Il releva la tête de sa couture.

— Une maladie orpheline, le syndrome du poisson pourri. Vous êtes certaine ? C'est très rare.

— Je sais bien. Nous avons un ADN qui a fourni l'information. Mais il ne se trouve dans aucun fichier. Avez-vous entendu parler d'un pareil cas à Ouistreham ?

Il réfléchit longuement. Trop longuement.

— C'est un cas de conscience que vous me posez là. Le secret médical…

— Docteur, peut-on imaginer que le secret médical puisse couvrir un assassin ? Est-ce déontologiquement correct ?

— … Nous sommes un peu comme les avocats ou les curés.

— Les avocats ont le droit de parler *a minima* si des vies sont en danger. Après, c'est une question de cœur. Supporterez-vous le poids de la culpabilité si d'autres innocentes se font assassiner ?

J'y allais un peu fort, mais aux grands maux, les grands remèdes !

— Je n'ai pas un tel malade parmi mes patients. Les autres médecins ici non plus, du moins je ne le pense pas. Cela se saurait. Mais…

— Oui ?

— Quand j'étais étudiant à la fac, on a eu un cours là-dessus. Ils ont évoqué le cas d'un gamin de dix ans à l'époque…

Je fis un rapide calcul, dix ans il y a vingt ans, cela en faisait trente aujourd'hui. Un âge tout à fait plausible pour un violeur en série. Il poursuivit :

— C'était le seul du Calvados. Il était originaire du coin, je ne sais plus trop… un nom en « ville » je crois.

Là, il se fichait de moi ! Des noms qui finissent par « ville », il y en a des centaines en Normandie, et même dans le Calvados ! Je me fis plus cassante :

— Essayez d'être plus précis !

— Ce n'était pas loin de Caen. Peut-être bien Bénouville ! Oui, je crois que c'est ça !

— Vous n'avez pas de nom ?

— Avec la meilleure volonté du monde, je ne sais pas. J'espère que cela a pu vous rendre service. Au fait, êtes-vous vaccinée contre le tétanos ?

Je rendis grâce et me laissai piquer. Pas envie de finir avec tous les muscles paralysés sur un lit d'hôpital.

Je réglai et il partit, me promettant de se renseigner plus avant sur le cas qui m'intéressait.

Bénouville ! Si c'était son secteur géographique de prédilection, cela pouvait expliquer son choix pour balancer le combi. S'il avait grandi là-bas, un médecin pourrait peut-être me renseigner.

Il était maintenant vingt et une heures passées. Je décidai d'appeler d'abord Sandrine Louvel. Après, il serait trop tard pour rappeler à cette malheureuse les sévices qu'elle avait subis.

Quand j'arrivai dans la salle de réunion, cela sentait bon la pizza.

— On t'a pris une quatre fromages, me lança Jumet. Alors ce toubib ? Il a fait dans la dentelle ?

— Quatre fromages, quatre points. Cela va ensemble, plaisantai-je. Ah non, plus un. Le vaccin. Mais j'ai obtenu une info grâce à cela. Comme quoi…

— Ah je t'avais bien dit qu'il faudrait le vaccin ! Alors quelle info ?

Je résumai.

— T'es trop forte, sourit Bricart.

— Pas tant que ça, sinon j'aurais son nom. Tu as le dossier Louvel de Limoges ?

— Oui. Et j'ai mieux que ça. SALVAC a sorti sept autres plaintes de viol par un homme qui sent mauvais, ou qui pue suivant les déclarations. Toutes des femmes attaquées chez elles de nuit. Quatre célibataires, trois mariées ou en couple, mais seules au moment des faits.

— Super ! Enfin, ce n'est pas ce que je voulais dire, mais je vais peut-être pouvoir confirmer mon intuition. Dans quelles régions ?

— Un peu partout.

Il abandonna son morceau de Capriciosa et alla prendre un dossier sur une autre table.

— Voilà ! Alors… Lisieux, Cabourg, Villers-sur-Mer, mais aussi Rennes, Paris, Toulouse et Marseille.

— Un routard du viol, conclut Renard.

Je gardai mon idée pour l'instant.

— Je peux voir ?

Je parcourus les dossiers tout en mordant à belles dents dans une part de pizza. Autant manger chaud. Dix minutes plus tard, j'avais les numéros de téléphone. J'abandonnai les restes du repas et allai m'isoler dans le bureau de Renard. Il fallait absolument appeler avant vingt-deux heures, après je risquais de me faire envoyer sur les roses.

J'appelai d'abord Sandrine Louvel. Ce fut son mari qui décrocha. Je me présentai, expliquai rapidement la situation. De toute évidence, parler de cet épisode ne lui plaisait pas du tout, ce qui était très compréhensible.

— Juste une seule et unique question et je vous laisse tranquille.

Il soupira :

— Allez-y.

— Y avait-il un chantier en face de chez vous au moment des faits ?

Il réfléchit un instant :

— Attendez… juin 2015… Si, vous avez raison. À l'époque on construisait un immeuble en face. Pourquoi cette question ? C'est un ouvrier ?

Je m'en sortis par une pirouette.

— Il n'y a rien de sûr. Mais promis, vous serez tenu au courant. De toute façon, si nous l'attrapons, il y aura procès. Le témoignage de votre femme sera indispensable.

— Attrapez-le. Ce connard a failli détruire mon couple qui était parfait. Ma femme n'était plus la même vous comprenez. Elle a mis des mois à redevenir à peu près comme avant. Et elle refuse toujours de rester seule à la maison la nuit. Quand je suis en déplacement, elle va dormir chez sa mère. Et je ne vous parle même pas de notre vie intime. Quel gâchis ! Attrapez-le et collez-le en prison pour le reste de ses jours !

La teneur des sept autres conversations fut à peu près la même. Il y avait toujours un chantier dans l'environnement immédiat. Et toutes les victimes étaient traumatisées à vie.

La meilleure façon de les aider était de capturer cet individu. Là, j'en étais certaine, je tenais une piste sérieuse.

Je retournai en salle de réunion. Les autres en étaient au café et les restes de ma pizza étaient froids. Je renonçai à manger.

— J'ai appelé les autres victimes, annonçai-je.

— On s'en doutait un peu !

— Aux alentours des domiciles, il y avait toujours un chantier au moment des faits. Comme en face de chez Sarah.

Jumet se pencha en avant, très attentif.

— Donc ?

— Je suis certaine que c'est un ouvrier. Un homme d'une trentaine d'années, né à Bénouville ou aux environs, ouvrier en bâtiment qui effectue des missions, peut-être pour une boîte d'Intérim, peut-être pour France Travail. Il est mobile et va travailler là où on l'envoie. Quand il est sur place, il fait une fixation sur une fille ou une femme, car il n'a pas l'air de s'arrêter à l'âge. Les nouveaux dossiers mettent en évidence des femmes de vingt et un à trente-sept ans aux physiques différents. Blondes ou brunes, il y a même une rousse, peu importe du moment qu'il fantasme dessus.

— Pourtant Sarah et Linda sont des copiés-collés l'une de l'autre, opposa Bricart.

— Oui, parce qu'il a découvert de nouvelles sensations avec Sarah. On peut supposer qu'au départ, il draguait comme n'importe quel jeune ou en tout cas qu'il tentait d'approcher des filles quand sa testostérone s'est faite insistante. À cause de son odeur, il s'est forcément vu refuser toute relation. Les viols dont on a trace remontent jusqu'en 2011, mais je suis convaincue qu'il a commencé avant. Soit les filles n'ont pas porté plainte, ce qui est courant dans les affaires de viol, soit les plaintes dorment au fond d'un commissariat quelconque. S'il a environ trente ans aujourd'hui, il est né plus ou moins en 1988. Je serai étonnée qu'il ait attendu 2011 pour passer à l'acte. Il viole et s'en contente si j'ose dire. Mais avec Sarah, il y a eu un déclic. Pour une raison quelconque, il a éprouvé le besoin de la tuer. Il en a ressenti un plaisir intense. Orgasme, pouvoir et domination, un cocktail détonant pour un type comme lui. Pour retrouver les mêmes sensations, son inconscient lui commande de choisir la même fille. Une autre Sarah. D'où la ressemblance physique entre les deux victimes.

— Tu penses donc qu'il travaille au chantier.

— Oui. Je parierais là-dessus.

— Alors, on va faire une descente. Voici ce que je propose…

*

*Nuit de dimanche à lundi*

Quand il était arrivé chez lui en rentrant de Bénouville après avoir *emprunté* une voiture, il s'était cassé le nez sur sa propre porte ! Il avait perdu sa clé, sans doute pendant le viol. Les flics allaient la trouver à un moment ou l'autre. Il s'en fichait. Son nom n'était pas dessus. C'était une clé lambda comme des milliers d'autres. Son unique problème était de rentrer chez lui. Heureusement qu'il savait crocheter une serrure, même la plus sophistiquée ! Il se coucha fatigué et heureux. Il fit de beaux rêves…

****

# CHAPITRE 24

*Mercredi*

Après la longue journée de mardi, j'avais dormi comme une souche. Quand le réveil sonna à six heures, j'étais encore dans un profond sommeil. Preuve de la fatigue accumulée, je ne m'étais pas réveillée avant la sonnerie. Il fallait bouger. Dans deux heures aurait lieu la descente au chantier. Il s'agissait d'être en forme. Je passai rapidement sous la douche et rejoignis les hommes à peine levés dans la cuisine. Un café pour eux, un thé pour moi et nous descendîmes au bureau. Renard nous attendait. Je trouvai qu'il avait les traits tirés, mais sans doute que nous n'étions pas plus frais ! Il avait préparé un plan qu'il nous soumit : une brigade d'intervention allait entourer le chantier à huit heures et quart afin d'être certains que les retardataires auraient rejoint leur poste. Un homme tous les deux mètres avenue Pasteur, idem avenue du 6-Juin et avenue de la Mer. Le quatrième côté du chantier étant fermé par un immeuble bâti, personne ne pourrait fuir par là. Afin de ne pas éveiller les soupçons des hommes travaillant à l'intérieur de la palissade, je rentrerais la première, irais dans les bureaux en préfabriqué trouver le chef de chantier et lui expliquerais qui nous recherchions à partir des éléments dont nous disposions. Nous comptions sur lui pour nous indiquer dans quelle section l'homme travaillait. Bricart et Jumet me rejoindraient et nous tenterions de l'appréhender en souplesse. Nous voulions éviter les uniformes à l'intérieur afin d'éviter une émulation qui aurait alerté le suspect.

Nous quittâmes la gendarmerie à huit heures et les hommes prirent place suivant le plan prévu.

À huit heures vingt, je pénétrai sur le chantier sous les yeux curieux des ouvriers qui s'affairaient près de l'entrée. Je m'assurai d'un coup d'œil que le cordon de sécurité n'était pas visible de l'intérieur et continuai ma progression, satisfaite. Il y eut bien un ou deux sifflements dragueurs et quelques réflexions à tendance grivoise, les hommes n'ayant pas l'habitude de voir une femme se balader dans l'enceinte, mais rien de méchant ou d'alarmant. J'arrivai devant la porte du préfabriqué qui s'ouvrit alors que je m'apprêtais à frapper.

— Madame ?

L'homme qui se présentait était court sur pattes et bedonnant. Il portait une veste jaune et un casque assorti.

— Je souhaiterais parler au chef de chantier.

— C'est moi. C'est à quel sujet ? On n'embauche pas.

Je souris malgré moi. Je ne me voyais pas monter des murs !

— C'est confidentiel et très important. Pouvons-nous entrer ?

Il me dévisagea longuement et je fis passer dans mon regard tout le sérieux et la gravité possibles.

— Entrez.

Je pénétrai dans une vaste pièce ne comportant qu'une seule autre porte entrouverte sur des sanitaires. Un bureau basique occupait le centre de la pièce et des étagères s'étalaient le long des murs. Le tout était encombré de papiers en tous genres, de plans, de listes couvertes de colonnes de chiffres. Il dégagea une pile de papiers d'une chaise et me proposa de m'asseoir, alors qu'il restait debout, m'indiquant ainsi que la conversation n'allait pas durer et qu'ici c'était lui le maître.

Je me lançai :

— Je suis de la police, dis-je en sortant ma carte qu'il étudia consciencieusement. Nous sommes à la recherche d'un homme que nous soupçonnons de viol et de meurtre.

Il s'assit derrière son bureau.

— La gamine d'en face ?

— C'est ça.

— Qui ?

— Je n'ai pas de nom à vous donner, mais vous allez très vite pouvoir me renseigner. Nous sommes fortement enclins à croire qu'il travaille ici.

— Sans nom…

Je sortis le portrait-robot de Limoges et la photo de Bénouville. Il les examina attentivement.

— Ce n'est pas très parlant…

— Si j'ajoute que c'est un homme d'une trentaine d'années, mais surtout qu'il est atteint de triméthylaminurie…

— C'est quoi ça ?

Mais j'avais l'impression que même s'il ne connaissait pas le nom, son intérêt était éveillé.

— C'est une maladie génétique. Celui qui en est atteint porte une odeur exécrable.

Je vis dans ses yeux qu'il savait.

— Stanislas Vatchek. Un maçon d'origine polonaise. Ses parents l'étaient en tout cas. Lui, il est de la deuxième génération. Attendez…

Il se leva, alla fouiller dans une armoire où des dizaines de dossiers étaient pendus sur des rails. Le classement devait être fait par ordre alphabétique, car, très vite, il brandit triomphalement, un dossier.

— On ne peut pas le louper, dit-il. Cette odeur… Il fait ce qu'il peut, vous savez. Quand il arrive le matin, c'est supportable, il doit se doucher juste avant d'arriver. Mais une heure après… Personne ne veut travailler à côté de lui. Heureusement qu'il travaille à l'extérieur. Dans un bureau, ce ne serait pas tenable. Mais je m'égare. Voici son dossier.

Il me tendit la chemise cartonnée. Je lus :

Stanislas Vatchek né à Caen le 4 mai 1991 de Aneta Tisza et Erick Vatchek. Maçon.

Domicile : Route de Lion, Ouistreham

S'ensuivait un numéro de téléphone portable.

Dans les remarques particulières était stipulée la maladie impliquant le statut de travailleur handicapé qui donnait un tas d'avantages à l'employeur.

— Il est là ? dis-je en empoignant mon téléphone.

— Oui, enfin je suppose. Il est sérieux au travail. Il ne manque jamais une journée. On va vérifier avec la pointeuse. Vous êtes sûre de vous ? Il n'a jamais causé de problème.

Je lui fis signe d'attendre un instant, alors que Jumet décrochait.

— On a un nom et une adresse, dis-je en les lui communiquant.

— J'envoie du monde là-bas.

Le chef de chantier semblait avoir un problème.

— Attends, dis-je à Jumet. Il est censé être ici, mais j'ai un doute.

— Il n'a pas pointé ce matin, confirma le chef de chantier. Je ne comprends pas. On ne m'a pas signalé d'absence.

— Où se trouve son poste ?

— Je vais vous y conduire.

Je repris Jumet :

— Envoie du monde au domicile et amène-toi avec Bricart.

Quelques secondes plus tard, ils arrivaient en courant.

— Que se passe-t-il ?

— Il n'est sans doute pas au boulot. On va voir.

Le chantier était vaste. Nous le traversâmes en enjambant des poutrelles et en zigzaguant entre des tas de parpaings et de sable. Un camion de ciment arrivait avec sa benne tournante.

— C'est là, dit le chef de chantier en désignant un endroit précis. Il n'y a personne.

Je m'approchai du lieu désigné.

— C'est bien là, dis-je en désignant à mes collègues le trou de la taille d'une balle de golf dans la palissade.

Je m'approchai et collai mon œil contre le trou. La vue sur la villa Les Farfadets était parfaite. Il ne pouvait manquer aucun geste de ses habitants.

— Deux gendarmes vont rester ici au cas où il se pointerait. Vous appelez s'il donne de ses nouvelles.

— Pouvait-il entrer sur le chantier les jours chômés ? demandai-je.

— Officiellement non. Mais il y a des passes. Peut-être en a-t-il dérobé un ? Pourquoi ?

— Je pense qu'il a dû venir ici samedi.

— Je ne sais pas. On ne m'a rien signalé d'anormal.

Pour finir, on ne lui signalait pas grand-chose, pensai-je.

— On file au domicile, décréta Jumet. Un gendarme va vous tenir compagnie en attendant qu'on en sache plus.

— Mais je n'ai rien fait ! s'offusqua l'autre.

— On sait. Mais on ne sait jamais…

Nous ignorions leurs liens. Nous ne pouvions pas prendre le risque qu'il passe un coup de fil à Vatchek. Un ouvrier pouvait le prévenir, mais vu le nombre, nous ne pouvions pas faire grand-chose.

Nous quittâmes le chantier en catastrophe, alors que le cordon de sécurité était levé. Trois hommes resteraient de garde.

La voiture fila, gyrophare en action. Nous évitâmes la sirène. Pas besoin d'alarmer le suspect par une arrivée en fanfare. Nous dépassâmes la place du Marché et tournâmes dans la route de Lion. L'immeuble se situait non loin de la poste. C'était un bâtiment à deux étages dont le rez-de-chaussée était occupé par un petit commerce. Je repérai la fourgonnette des gendarmes envoyés en éclaireurs. Ils n'étaient pas très discrets, garés en face de l'appartement. Il suffisait que Vatchek jette un coup d'œil par sa fenêtre pour les voir.

Nous rentrâmes dans l'épicerie et nous nous renseignâmes sur celui que nous cherchions.

— Je ne le connais pas, dit le commerçant avec un air de mépris dans la voix. En haut, ce sont des meublés en général loués à des vacanciers. Mais depuis quelque temps ce type est apparu. Il ne fait même pas ses courses ici !

On sentait de la rancœur dans sa voix.

— Je ne le vois jamais ou presque, il rentre par la porte destinée aux locataires un peu plus loin à droite.

Bricart s'y précipitait déjà. Jumet lui emboîta le pas.

— Vous n'avez rien remarqué de spécial dans son comportement, lui demandai-je.

— Non. Je l'évite. Il doit être un peu clodo ou allergique à l'eau… Il ne se lave jamais si vous voyez ce que je veux dire.

Je le remerciai et me décidai à rejoindre mes collègues. Mais avant, par acquit de conscience, je demandai :

— Il n'y a pas d'autre sortie à votre magasin.

— Non. D'ailleurs, ce n'est pas pratique…

Je l'abandonnai à ses rouspétances et sortis en direction du hall d'entrée.

C'était un hall banal au carrelage beige à points noirs. Il y avait quatre boîtes aux lettres. L'une portait effectivement le nom de Stanislas Vatchek, les autres étaient anonymes. Les touristes ne mettent pas leur nom sur une boîte aux lettres. J'estimai que ce choix était perspicace. Les touristes passaient huit ou quinze jours et même s'ils étaient dérangés par leur voisin, ils ne chercheraient pas à en savoir plus. Ils repartaient, c'est tout.

Une seconde porte en verre, fermée cette fois, donnait dans le hall principal. On ne voyait pas d'ascenseur. Juste un escalier.

— Il faut entrer !

Le téléphone de Jumet sonna. C'était Renard qui gérait au chantier.

— Le chef de chantier a consulté ses plannings. Vatchek ne commence qu'à neuf heures aujourd'hui. Il avait une heure sup à récupérer. Il ne devrait pas tarder à sortir de chez lui.

À cet instant, je levai les yeux vers la vitre. Il était là, au pied de l'escalier juste de l'autre côté de la porte fermée.

— Là ! criai-je.

L'homme nous vit, amorça un demi-tour puis changea d'avis. Alors que Jumet sortait son Sig Sauer pour faire voler la vitre en éclats, il se précipita vers une porte que nous n'avions pas repérée tant elle était dans un angle sombre. Il disparut de notre vue au moment où la vitre se fracassait…

****

## CHAPITRE 25

Stanislas Vatchek avait passé une bonne nuit. Un peu plus longue que d'habitude. Il avait une heure à récupérer et n'avait pas l'intention d'en faire cadeau à son patron qu'il estimait être un esclavagiste des temps modernes. Il avait pris son petit déjeuner puis une douche en rêvant à sa prochaine conquête. Déjà, les sensations offertes par Sarah et Linda s'estompaient dans sa mémoire. Il se masturba sous la douche pour les retrouver, ce qui ne lui apporta qu'un plaisir rapide et superficiel. Rien à voir avec l'extase ressentie quand les filles devenaient molles sous lui. Ce soir, il repartirait en chasse. Les vacances de Pâques lui offriraient une pépinière de victimes potentielles. Une belle plante, blonde aux yeux bleus. Au moment de s'habiller, il regarda machinalement dehors. C'est alors qu'il le vit. Le fourgon de gendarmerie était garé juste en face de chez lui. Un hasard ? Il recula pour ne pas être vu et alla chercher une paire de jumelles dans le tiroir d'un meuble en bois de chez Ikea. Le seul objet qu'il eût récupéré de son père. Il régla la vision. Dans le fourgon, les deux flics avaient le nez en l'air. Il n'eut aucun doute. Ils surveillaient son immeuble ! Les autres appartements étaient vides, c'était donc bien après lui qu'ils en avaient ! Comment avaient-ils pu le retrouver ? Ils n'étaient certainement pas sûrs d'eux, sinon, ils auraient déjà frappé à sa porte. Cela le rasséréna. Il avait encore un peu de temps. Il fourra quelques vêtements dans un sac à dos, récupéra ses économies dans une boîte de Macintosh et un petit sachet contenant de minuscules objets dont un nœud rose tout en se demandant ce qu'il allait faire. Impossible de se faire prendre. Il ne finirait pas en prison ! Hors de question. Et cette foutue maladie qu'il traînait partout ! Il était repérable comme une mouche sur le lait. Partout où il passait, les gens le localisaient. Les flics n'auraient qu'à suivre les témoignages comme le petit poucet de son enfance suivait les cailloux. Il décida de se réfugier dans la vieille maison de sa mère. Il en avait hérité deux ans plus tôt quand le crabe l'avait emportée. C'était le seul endroit où il trouvait parfois un peu de réconfort même si son enfance n'avait pas été des plus heureuses. Il récupéra les clés de sa Sandero qui ne servait pas souvent quand il travaillait dans les environs. Il ne l'utilisait que pour les chantiers lointains. Pourvu qu'elle démarre ! Il jeta un dernier coup d'œil à l'appartement, sachant intuitivement qu'il n'y reviendrait jamais. Il eut une hésitation et s'empara d'une photo qui traînait sur un meuble bas. Sa mère et son père amoureux à vingt ans quand ils ne savaient pas encore qu'ils mettraient au monde un monstre. Elle, blonde et pimpante dans une robe à fleurs, lui fier comme Artaban devant une antique Dauphine, la voiture qui les avait amenés en France pour une vie meilleure.

— Tu parles ! cracha-t-il en claquant la porte derrière lui.

Il se précipita dans l'escalier en regrettant de ne pas avoir une arme.

*

— Il file par en bas, dis-je alors que c'était une évidence.

Nous nous trouvâmes devant un escalier en ciment qui plongeait sous l'immeuble.

Cave ou parking ?

Jumet s'engagea dans l'escalier, suivi de Bricart, alors que j'appuyai sur l'interrupteur pour les éclairer.

Une vague odeur d'essence m'apprit que c'était un parking souterrain. Il allait filer !

Je fis demi-tour et me précipitai vers la voiture de Jumet, stationnée devant l'immeuble, en priant pour qu'il ait laissé les clés sur le contact.

La porte automatique du garage se levait. Un moteur vrombissait. Le nez d'une voiture blanche apparut. Elle traversa le trottoir en évitant de justesse une vieille dame qui sortait de l'épicerie. Elle se jeta dans la circulation qui, heureusement, n'était pas trop dense. Malgré tout, il y eut des coups de klaxon rageurs. L'accident n'était pas passé loin. Dans leur fourgon, les gendarmes embrassèrent la situation d'un coup d'œil, je leur fis signe de suivre alors que je pestais en trouvant la voiture de Jumet fermée. Mais déjà, mes collègues arrivaient, un peu essoufflés.

— La Sandero blanche, dis-je en désignant le véhicule qui disparaissait au loin.

Le moteur vrombit et Jumet démarra les portières à peine fermées. Cette fois, Bricart brancha gyro et sirène. Les passants nous regardaient, éberlués. La petite ville n'avait pas l'habitude des poursuites à l'américaine. Au carrefour suivant, Jumet dut piler pour éviter une mère de famille avec sa poussette qui traversait sur le passage piéton. Je faillis me taper le siège avant.

— Mettez vos ceintures, intima notre chef.

Au loin, la Sandero tournait à droite, s'enfonçant dans la ville, toujours suivie par les gendarmes. Elle prit la rue Gambetta tandis que sur un plan, je tentai de savoir vers où Vatchek se dirigeait. Il tourna encore à droite dans une petite rue étroite et finit par rejoindre le rond-point du 14-Juillet où il s'engagea sur l'avenue de la Liberté. Quelques minutes plus tard, il arrivait au rond-point de la Paix et fonçait sur la portion de 4 voies menant à Caen.

— Il faut qu'on l'arrête avant la ville, décréta Bricart. Il pourrait faire un carnage.

Il empoigna la radio pour donner ses instructions aux gendarmes toujours sur les talons de la Sandero.

— Attends, dis-je. Si on l'arrête en force, on peut provoquer un carambolage. Je suis certaine qu'il va à Bénouville.

— Pourquoi ? aboya Jumet.

— Parce que c'est sa zone de confort et qu'il est aux abois. Il retourne chez lui. Il n'a jamais tué autrement que pour un plaisir sexuel. Il ne va pas canarder la foule.

— On ne sait pas s'il a une arme. Renard a vérifié à la préfecture. Il n'y a rien de déclaré, mais en principe les voyous ne demandent pas une détention officielle.

— Au risque de vous choquer, ce n'est pas un voyou, mais un malade ! Contentons-nous de le suivre. Qu'est-ce qu'on risque ? Au mieux on évite des accidents, au pire, si vraiment il va à Caen, on le bloquera avant le périphérique. S'il sort, ce sera plus tranquille dans la campagne.

— T'es chiante ! grogna Jumet.

— Je sais !

Bricart donna cependant aux gendarmes l'ordre de suivre à distance. Nous les doublâmes et nous retrouvâmes dans l'axe de la Sandero qui arrivait à la bretelle de Bénouville. C'était l'heure de vérité. Si je m'étais plantée, je n'avais pas fini de l'entendre !

Mais la Sandero mit sagement son clignotant et s'engagea sur la bretelle.

Je poussai un soupir de soulagement.

*

Stanislas Vatchek regardait autant son rétroviseur que la route. Il connaissait parfaitement Ouistreham. Chaque carrefour, chaque rue. Il avait tenté de les semer dans la ville, mais ces cons-là ne le lâchaient pas. Sa voiture ne lui permettait pas des pointes de vitesse folle. Il appuya sur le champignon autant qu'il le put dès qu'il fut sur la 4 voies. Ses poursuivants en firent autant et il sentit la lassitude s'emparer de lui. Il en avait marre.

— Vie de merde ! Tu ne vas pas gagner.

Les autres n'allaient pas tarder à le coincer. Mais à sa grande surprise, le rythme de la poursuite mollit. Ils se contentaient de le suivre à distance. Il brûla le stop à la fin de la bretelle de sortie et un conducteur lui balança un coup de klaxon. Il vit l'homme vociférer derrière son volant et lui fit un doigt d'honneur par rétroviseur interposé. Il prit la direction du pont, le traversa en jetant un regard vers l'endroit où le combi avait plongé. Il ne restait aucune trace de son passage. Il en serait de même pour lui. Qui se souviendrait de Stanislas Vatchek le jour où il serait mort ?

— Chienne de vie !

Il donna des coups de poing rageurs dans son volant. Il aurait voulu avoir une vie normale, avec des filles normales, une femme, des enfants et une jolie maison. Tout ça balayé par une odeur de poisson !

— Pourquoi moi ?

Cette question le hantait depuis toujours, mais il n'avait trouvé aucune réponse.

Il traversa l'Orne au pont de Ranville et prit la route en direction de Troarn. Il dépassa Ranville et s'enfonça dans la campagne. La plaine de Caen s'étendait à perte de vue. Peu avant le carrefour du Mesnil, il tourna dans une route perpendiculaire. Il s'enfonça encore sur deux kilomètres. La route était bordée de bosquets. Cette fois, il tourna dans un chemin de terre :

— Il est arrivé, dis-je alors que les trois véhicules se suivaient toujours à vitesse réduite. Il ne se cache plus. Il n'essaie pas de s'échapper. Il a renoncé.

— On va le cueillir, décréta Jumet, alors que la Sandero se garait devant une maison en pierre de Caen isolée et laissée à l'abandon.

Les ronces envahissaient le terrain en friche, allant jusqu'à attaquer les murs.

— Plus personne n'habite ici, constatai-je.

— On dirait bien, approuva Bricart. Dépêche-toi, conseilla-t-il à Jumet. Il va rentrer et ce sera plus compliqué.

Jumet s'élança dans le chemin, mais Vatchek s'était garé juste devant la porte d'entrée. Il jaillit de sa voiture et avant que nous n'ayons pu sortir de la nôtre, il était à l'intérieur.

Jumet tambourina à la porte :

— Police. Nous entrons.

Tout en parlant, il sortit le Sig de son étui alors que Bricart en faisait autant. Par mimétisme, je pris mon Glock, au cas où, mais je n'y croyais pas. Les deux gendarmes arrivaient et l'on entendait, au loin, les sirènes des renforts.

Jumet tourna la poignée qui s'ouvrit sans difficulté. La première chose qui frappa mes narines fut l'odeur. L'odeur de la maladie, bien sûr, mais celle-ci était couverte par une autre beaucoup plus forte encore. Un mélange d'essence et de gaz.

La pièce unique du rez-de-chaussée tenait lieu de cuisine et de salle. Près d'une antique gazinière, Stanislas Vatchek se tenait debout. Il avait ouvert le robinet de gaz. Il avait arrosé les deux bonbonnes de gaz qui se trouvaient sous l'évier avec de l'essence contenue dans un bidon rouge qu'il tenait dans la main gauche. Dans la droite, il y avait un briquet. L'homme était trop loin pour que mes collègues puissent le maîtriser physiquement avant qu'il n'allume son briquet. À ses pieds gisaient une photo de femme et un sachet contenant sans nul doute ses trophées. Tirer aurait créé une étincelle et le résultat n'aurait pas été mieux. L'homme s'enflammerait comme une torche et la maison sauterait.

— Nom de Dieu, jura Jumet. Rangez vos armes. Repli.

Bricart et lui entreprirent de reculer au moment où mon regard croisait celui du coupable. Il y avait une profonde détresse dans ses yeux. De la peur aussi.

Tandis que les hommes reculaient, j'avançai d'un pas. L'essence s'écoulait maintenant sur le sol créant des sillons dans la poussière accumulée.

— Laura ! ordonna Jumet.

Je savais que j'aurais dû obéir, mais les yeux de Vatchek étaient un appel au secours. Le gaz ne fuyait que depuis quelques minutes. Il y avait peut-être encore moyen de faire quelque chose. Je sentis un courant d'air et devinai que la porte avait été ouverte. Jumet et Bricart devaient être sortis en créant un maximum de courant d'air pour évacuer le gaz. Si je parvenais à lui faire poser le briquet, il avait une chance.

— Stanislas, dis-je, je suis Laura. On peut parler un instant ?

Il ricana.

— Parler ? Il n'y a rien à dire. J'assume ce que j'ai fait. Je ne pouvais pas faire autrement. Qui aurait voulu de moi ?

— Des gens qualifiés peuvent vous aider. Et puis, je suis là moi, je ne veux pas vous laisser tomber.

— Vous avez tort. Je ne mérite pas qu'on s'occupe de moi. Ma vie n'est qu'une immense poubelle. J'ai détruit des vies et maintenant j'ai tué et si je reste en vie, je recommencerai, vous le savez aussi bien que moi.

Il était tellement lucide que c'en était dérangeant.

— Je ne peux pas résister. J'en ai besoin. Et depuis Sarah… C'était trop bon, personne ne pourrait m'empêcher de recommencer. Pour cela il n'y a qu'une solution.

Il s'était jugé et condamné. La peine choisie était la mort.

— Vous avez étudié ma vie à la loupe, je suppose.

— Oui. C'est mon boulot. Je connais votre maladie…

— Vous connaissez son nom. Mais avez-vous la moindre idée de ce que c'est de vivre avec ça au quotidien ?

— J'imagine, c'est tout ce que je peux faire, mais je comprends aussi…

— Votre imaginaire n'atteindra jamais la réalité. La vie est un enfer. Tout le monde vous rejette, personne ne veut vous prendre dans ses bras et vous serrer contre eux. Vous croyez que vous pourriez vivre sans contact physique ? Toute la société vous vomit. Au boulot, c'est pareil. On vous évite, vous montre du doigt, on rigole sous cape et comme personne ou presque ne connaît cette saloperie, on dit que vous ne vous lavez pas. Vous savez combien de fois par jour, je me douche ? Trois fois et en définitive, cela ne change rien. Vous voulez m'arrêter et vous avez raison. Je le mérite largement. Alors, vous qui avez de l'imagination…

Le ton devenait cynique et il s'agitait.

— Imaginez ma vie en prison. Un pointeur, assassin qui pue. Ils vont m'en faire voir de toutes les couleurs. Hors de question. J'ai souffert toute ma vie, j'ai fait des conneries, des grosses et des très grosses. Je paie OK. Mais à ma façon.

Le briquet s'éleva.

— Filez, ordonna-t-il, ou vous serez ma prochaine victime.

À cet instant, je me sentis happée par-derrière et tirée sans ménagement vers l'extérieur. Jumet était venu me rechercher. Il devait guetter, attendant de voir si mon laïus aurait de l'effet ou non. Devant l'évidence et l'essence qui coulait maintenant dans toute la pièce, il ordonna :

— Cours !

Cette fois, j'obéis.

Nous ne nous arrêtâmes qu'une bonne centaine de mètres plus loin à l'intersection du chemin d'entrée. Je me retournai. Il ne se passa rien pendant encore quelques secondes. Le temps était suspendu. Personne ne disait mot. Puis, il y eut un crépitement ; un instant nous aperçûmes la torche qu'était devenu Stanislas Vatchek. La seconde suivante, la maison explosait. Instinctivement, nous nous accroupîmes derrière le fourgon alors que des débris retombaient autour de nous.

****

# ÉPILOGUE

Les pompiers, mis en alerte par Renard arrivé sur les lieux, étaient arrivés très vite.

Bricart s'était fait expulser par Jumet qui lui avait jeté :

— Va te mettre à l'abri. Tu as une femme et un gosse. Moi, je vais sortir Laura de là.

Jumet était retourné dans la maison avant que Bricart ne puisse opposer le moindre argument. Sous ses ordres, les voitures de gendarmerie avaient reculé jusqu'à la nationale maintenant interdite à toute circulation. Au moment de l'explosion, le toit de la maison avait été soufflé. Les murs qui ne s'étaient pas écroulés immédiatement avaient succombé à la chaleur de l'incendie. La voiture de Jumet, garée devant, n'était plus qu'un amas de tôles brûlées et de plastique fondu.

Les pompiers n'avaient rien pu faire pour le bâtiment principal, se contentant d'arroser pour limiter les dégâts alentour. Seuls restaient debout un ancien hangar et une stabulation.

Il était maintenant pas loin de quatorze heures et les experts approchaient des ruines. Nous connaissions les causes de l'incendie et n'avions aucun espoir de retrouver quoi que ce soit ayant appartenu à Stanislas Vatchek. Il s'était volontairement atomisé. Peut-être trouverait-on quelques débris d'os au milieu des cendres, mais c'était sans certitude.

Je restai sur place jusqu'au repli total des pompiers et des forces de l'ordre. Je trainais un sentiment de culpabilité.

— Si je t'avais laissé l'arrêter sur la route, nous n'en serions pas là, dis-je à Jumet, penaude.

— Si… si ma tante en avait… tu connais la suite. Il avait décidé de mourir de toute évidence. Je l'ai entendu comme toi. Entre nous, il n'avait pas tort. L'enfer doit être doux pour lui à côté de ce qu'il aurait vécu en prison. Si nous avions tenté de l'arrêter au milieu de la circulation, cela aurait vraisemblablement tourné au rodéo vu son état d'esprit. Il y aurait peut-être eu d'autres morts. Au moins ici, il n'a emporté que lui. C'était une bonne décision.

Je ne sus pas s'il parlait du fait de ne pas l'arrêter sur la rocade ou du fait que Vatchek se soit suicidé. Les deux sans doute.

— Merci, dis-je.

— De quoi ? Tu sais Laura, tu as fait ce que tu pouvais en essayant de le convaincre de rester en vie, mais il y a des fois où il faut savoir s'arrêter plus vite. Tu as pris des risques…

— Et tu en as pris pour moi. Mais il ne fallait pas. J'allais sortir. Il me laissait partir.

— Tu as fait ton boulot, j'ai fait le mien. Basta. Mais j'en ai marre !

J'eus un coup au cœur. Certes, je n'avais pas obéi à l'ordre de repli, mais il venait de reconnaître que j'avais fait mon travail ! Je m'attendais à de sévères remontrances.

— Chaque fois qu'on est ensemble sur une enquête et que j'utilise mon véhicule perso, je retrouve un tas de tôles.

Je ne pus m'empêcher de sourire, ce qui acheva de l'agacer :

— C'est vrai que tu n'as pas de chance ! La prochaine fois, prends un véhicule de service !

— Bonne idée.

Il faisait presque nuit quand nous nous retrouvâmes tous dans la salle de réunion de la gendarmerie. Les « fourmis » sous les ordres de Bricart avaient eu le temps de finaliser leurs recherches. Il nous livra les résultats :

— Au moins neuf viols sont attribuables à Vatchek, en fonction des témoignages des victimes. Neuf plaintes déposées… cela signifie en gros et en fonction des statistiques… en tenant compte d'une marge d'erreur… qu'il y en a environ cinq fois plus.

Un silence de plomb s'abattit sur la salle.

— Tu veux dire qu'il aurait violé une cinquantaine de femmes ?

— C'est possible.

— Mais pourquoi ne réagissent-elles pas ? râla Jumet.

— La honte, la peur d'être jugées, un accueil mal adapté dans les postes de police ou de gendarmerie. Parfois ce sont elles qui sont accusées de provocation, alors elles abandonnent. Si le violeur est un proche, ce qui arrive souvent, la barrière psychologique est très difficile à franchir. Dénoncer son père ou son oncle et mettre la famille en péril est souvent impossible pour une adolescente, et c'est pire pour une enfant.

— Il y a du chemin à faire.

— C'est le moins qu'on puisse dire.

*

Le corps de Linda fut rapatrié en Hollande. Ses parents, charmants, appelèrent la brigade pour remercier du travail accompli. Chose suffisamment rare pour que Renard nous le signale. Souvent, pour ne pas dire toujours, les gens trouvent normal le travail que nous effectuons. Ils n'ont pas tort. Mais lorsque nous nous donnons à fond, comme toujours, nous savons aussi apprécier un merci. Il nous alla droit au cœur.

L'enterrement de Sarah eut lieu huit jours plus tard à Paris. J'envoyai des fleurs au nom de notre équipe. Madame Blondiaux me rappela un peu plus tard.

— Je suis heureuse qu'il soit mort, me dit-elle. S'il ne l'était pas, je crois que j'aurais pu le tuer de mes propres mains.

— Se faire justice…

— Je sais, ce n'est pas moral. Mais quand on voit le nombre de récidivistes qui assassinent…

Que répondre à cela ?

— Le système n'est pas infaillible, mais dans ce cas-ci, il n'avait jamais été condamné. Nous ne pouvions pas anticiper.

Nous parlâmes un peu et elle m'apprit qu'elle était décidée à demander le divorce. Vatchek avait aussi détruit le couple. À moins que ce ne soient les frasques de Paul Blondiaux.

*

Deux jours plus tard, le journaliste qui avait tenté de corrompre le gendarme de garde devant la maison de Sarah publiait un article très poignant sur la triméthylaminurie. Au moins, un maximum de gens connaîtrait dorénavant cette maladie. Peut-être qu'enfin leur regard changerait face aux malades. Si c'était le cas, Stanislas Vatchek aurait au moins réussi cela. Une petite compensation par rapport au mal qu'il avait fait. Mais c'était toujours ça.

****

# REMERCIEMENTS

Pour les corrections : Sylvie Jouny, Nicole et Jean-Claude Renault, Daniel Mousselet.

Pour leur accueil et leur gentillesse, sans compter la qualité des plats, le restaurant *Chez Jo & Jack*, avenue de la Mer à Ouistreham.

Pour leur collaboration, l'office du Tourisme de Ouistreham.

Pour leurs encouragements, Émilie et Rodolphe de la Librairie Des vagues et des mots, avenue de la Mer à Ouistreham-Riva Bella.


*Bien entendu, ce roman sort de mon imagination fertile. En aucun cas, il ne se réfère à des faits réels.*

Composition et mise en pages
Nord Compo à Villeneuve-d'Ascq

Pour plus d'information :

#lisez engagé !

www.lisez.com

Imprimé sur du papier issu de forêts gérées durablement.

Imprimé en Espagne par Liberdúplex
en juin 2025
N° d'impression : 128960

POCKET – 92, avenue de France, 75013 Paris

S35186/01